아무튼, 타투

아무튼, 타투

오희라

차례

행운을 가져다준 고드릭 그리핀도르

눈을 뜨자마자 인스타그램을 열었다. 어젯밤 잠들기 전 심심풀이로 스토리에 올렸던 '무엇이든 물어보세요' 질문란에 과연 누가, 어떤 질문을 했을지 확인하기 위해서였다. 역시나 이번에도 장난기 많은 내 친구들은 별로 답하고 싶지 않은 짓궂은 질문들만 쏙쏙 골라 보내놓았다. '잊고 싶은 흑역사는?' '나의 초등학교 졸업 사진은?'과 같은. 그 틈에서 아는 언니가 보내놓은 질문이 눈에 띈다.

'죽기 전에 이것만은 꼭 해봐야 한다, 하는 게 있다면?'

나는 명쾌한 두 글자로 답글을 단다.

'타투'.

해당 스토리를 올리고 며칠 뒤. 지인들과의 술자리에서 그 질문과 답변에 관한 이야기가 나왔다. 한 언니는 내 답변이 예상 밖이었고 솔직히 조금은 놀랐다고 했다. 타투는 아무나 쉽게 할 수 없는 일이고 평소 내 이미지와 상반된다는 이유에서였다. 잠자코 그 이야기를 듣고 있던 다른 친구가 툭 내뱉었다. "타투, 요즘 많이들 한다지만 솔직히 나는 별로야."

나에게는 약 스무 개의 타투가 있다. 그만큼의 타투를 새기면서 주변 사람들과 '주변 사람들' 범주에조차 들어가지도 않을 타인들로부터 별의별 참견과 잔소리를 귀가 닳도록 들어왔다. 이를테면, 할머니 돼서 어떡하려고 그러냐, 웨딩드레스 어떻게 입으려고 하냐, 몸에 낙서를 왜 하냐, 양아치냐, 조폭이냐, 남자친구가, 미래 남편이, 시어머니가 싫어하면 지울 거냐, 후회하면 어쩌려고 그러냐…. 이처럼 내가 잘못된 '짓'을 '저질렀다'는 뉘앙스의 이야기를 들을 때마다 인터넷에 돌아다니는 개비스콘 짤이 떠오른다. 긴 연휴가 끝나고 출근을 앞둔 직장인처럼 가슴속이 참 갑갑—해지고 마는 것이다.

처음 타투에 관한 안 좋은 소리를 들었을 땐 내가 고작 말 한마디에 그렇게 큰 상처를 받을 수 있다는 사실에 놀랐다. 물론 앞에서는 웃으며 대충 둘러대고 넘어갔다. 하지만 내가 들은 악담을 곱씹다 보면 부아가 치밀었다. 가끔은 눈물이 차오르기도 했다. 당신이 뭔데 나한테 막말을 해! 뒤통수에 대고 외쳐보지만, 대개 타인에게 비수를 꽂는 이들은 책임까지 떠넘기기 일쑤였다. 상처받으라고 한 말이 아닌걸. 겨우 그런 말에 상처받은 네 잘못이란

다. 뒤늦게 열을 내봤지만 나만 더 힘들어졌다. 다행히도 10년쯤 같은 말을 듣다 보니 자연스레 귓등으로 쳐내는 법을 터득했다.

물론 10년 전과 비교해보면 타투에 관한 인식이 나아지긴 했다. 대놓고 타투를 드러내는 연예인들도 많아졌고, 개성을 존중하는 사회 분위기가 더욱 뚜렷해진 덕에 타투 또한 자신을 표현하는 수단 중 하나로 인정받고 있다. 그러나 안타깝게도 보수적인 대한민국에서는 여전히 타투를 아니꼽게 바라보는 시선이 훨씬 더 우세하다. 길게 말할 필요도 없이 타투 합법화와 관련된 기사의 댓글창을 보라.

'문신하는 사람치고 제대로 된 사람 없지.'

'솔직히 싸 보인다.'

'문신충들 보면 눈살 찌푸려짐.'

'몸에다 낙서를 왜 하냐? 보기 혐오스럽고 역겹다.'

편견에서 비롯된 차별을 없애자는 사회적 분위기가 생겨나고, 말 한마디도 조심히 하자는 흐름이 형성되었음에도 타투에 관해서는 어쩜 그렇게 달라지기가 어려운지, 어쩜 그렇게 당당히도 편견과 혐오를 드러낼 수 있는지 궁금하다.

나는 타투에 대한 세간의 시선은 바뀌어야 한다고 생각한다. 무엇보다 타투가 남에게 피해를 주는 행위가 전혀 아니기 때문이다. 타투에 대한 부정적인 시선을 조금이라도 걷어내고, 진입장벽을 낮춰 타투의 기쁨과 슬픔을 더욱 많은 이들과 함께 나누고 싶다.

'내가 타투에 관한 이야기를 한번 써볼까!'

이 생각이 머릿속에 자리를 잡자마자 심장이 달음질치기 시작했다. 마치 학창 시절에 짝사랑했던 국어 선생님이 "국어부장 할 사람?" 하고 물었던 순간처럼. 그건 반드시 해내고 싶은 일이 눈앞에 닥쳤을 때, 안달 난 마음이 서두르라며 나를 재촉해 울리는 사이렌과 같았다.

작가 구달은 『아무튼, 양말』의 출간계약서에 도장을 찍은 날, 자축의 의미로 소중히 보관해온 카키색 시스루 패치워크 양말을 꺼내 신었고, 『아무튼, 여름』의 작가 김신회는 백화점 과일 코너 진열대에서 1만 7,800원짜리 샤인머스캣을 집어 들었다고 한다. 『아무튼, 타투』를 쓰기로 한 나는? 답은 뻔하지만, 자축의 의미로 새로운 타투를 새기기로 결심했다.

눈여겨보고 있는 도안은 늘 많다. 인스타그램 북마크 페이지에 들어가면, 찜해놓은 도안들이 공연장에 팡! 하고 터진 종이 폭죽처럼 스마트폰 화면으로 쏟아져 내릴 정도다. 그중 오랜 시간 동안 눈독 들이고 있던 도안이 하나 있었다. 영화 〈해리 포터〉 시리즈에 등장하는 4대 기숙사 중 하나이자, 주인공 삼인방 해리 포터, 론 위즐리, 헤르미온느의 기숙사인 '그리핀도르'를 상징하는 검(劍) 도안이다. 그리핀도르, 슬리데린, 후플푸프, 래번클로. 네 기숙사 중에서 나는 그리핀도르를 가장 좋아한다. 그리핀도르는 용감하고 대담한 자들을 위한 기숙사이며, '용감하고 대담한 자'야말로 되고 싶은 나의 모습이다.

이 도안은 디테일한 요소가 많아 섬세한 작업이 필요한 데다 사이즈가 클수록 멋있을 것 같았다. 만약 이 도안으로 타투를 한다면 과감하게 크게 새겨야겠다고 생각하던 찰나, 작업의 난도가 높고 크기가 커지는 만큼 가격도 비싸진다는 사실과 바닥난 통장 잔고가 사이좋게 손을 잡고 내 뒤통수를 갈겼다. 정신 좀 차려라! 덥석 타투를 해버렸다간 며칠을 쫄쫄 굶을지 몰라! 게다가 즉흥적으로 타투를 했을 때 후회할 가능성도 무시할 순 없었다. 간절히

이 타투가 하고 싶다면 '그럼에도' 꼭 해야만 하는 이유를 찾아내서 스스로를 납득시켜야 했다.

그때 좋은 아이디어가 번뜩 떠올랐으니. 바로 출판사에 투고해서 계약을 따내면 그 기념으로 타투를 새기자는 것이었다. 성사되지 않는다면, 이번 타투는 깔끔하게 포기할 셈이었다. 좋은 아이디어라 여겼던 나는 그러나, 한 가지 중요한 사실을 간과하고 있었다. 태초부터 내 성정엔 인내심이 별로 없다는 것이다!

결국 출간 계약을 하게 될지 말지도 모른 채로 당장 예약부터 질러버렸다. 유럽으로 게스트워크를 갔던 타투이스트가 한국으로 돌아와 다음 달 예약을 받는다는 인스타스토리를 올리자마자, 오랫동안 기다리고 있었다고 호들갑을 떨며. 그리하여 오른팔에는 내 타투 중에서 가장 크고 대담한 그리핀도르 검 타투가 새겨졌다. 견고하면서도 강해 보이는 이 검을 손에 쥐고 나니 어떤 어려운 일이라도 다 헤쳐나갈 수 있을 듯한 용기가 샘솟는다. 탐탁지 않은 시선으로 타투를 바라보는 세상을 향해, 타투는 비난받을 일이 아니라고 당당하게 외칠 자신감이 생겼다.

그 후로 마법 같은 일이 벌어졌다. 검 타투를 새긴 바로 다음 날, 출판사로부터 계약하자는 답변이 온 것이다. 그렇게 내가 사랑하는 '아무튼 시리즈'에 작가로서 내 이름을 올리자는 버킷리스트를 달성하게 되었고, 용감하게 글을 써 내려가고 있다.

　　그리핀도르 검 타투가 꿈을 이룰 수 있는 천운을 가져다주었듯이 마법 같은 행운이 다시 나를 찾아오기를 꿈꾼다. 이 책을 통해 타투 산업이 어둠을 벗어나 밝은 빛이 쏟아지는 곳을 향해 점점 나아갈 수 있기를. 타투를 즐기는 이들이 유별난 게 아니라, 보통의 사람들과는 조금 다른 방식으로 자신을 사랑하는 것뿐임을 모두가 알게 되기를. 아무런 죄책감도 없이 남의 타투에 대고 무례한 말을 한마디씩 끼얹는 사람들보다, 자신의 타투를 보여주며 그 속에 담긴 이야기를 들려주는 사람들이 더욱 많아지기를.

음표와 연필로 만든 전구

스물두 살, 아직은 앳된 우리 셋의 얼굴에는 긴장한 기색이 역력했다. 첫 타투를 하기 위해 서울 홍대 근처 뒷골목의 뒷골목의 뒷골목까지 기어코 찾아가고 만 것이다. 홍대 앞에 자주 와보긴 했어도 그렇게 으슥한 곳은 본 적도, 지나가본 적도 없었다. 비가 갠 지 얼마 안 되어 싸늘한 공기에 오소소 소름이 돋았다. 여전히 하늘은 우중충했고, 곧 무너질 듯한 잿빛 건물들과 가로등 아래 무분별하게 놓여 있는 쓰레기 더미, 이런 곳이 익숙하다는 듯 무심히 지나가는 길고양이까지, 눈앞에 보이는 모든 게 범죄 스릴러 영화의 한 장면을 연상시켰다. 우리는 피해자 1, 피해자 2, 피해자 3이라는 이름의 영화 속 등장인물이 될까 봐 최선을 다해 주위를 살폈다.

"저, 타투 예약하셨죠?"

드디어 올 것, 아니 올 사람이 왔구나! 우리는 말소리가 들려온 쪽으로 동시에 고개를 돌렸는데… 응? 뭐지?

3초간 정적이 흘렀다. 웬걸, 우리가 상상했던 타투이스트의 모습—피트니스 대회에서 우승을 차지할 정도로 우락부락한 덩치에, 얼굴에 피어싱이 15개쯤 뚫려 있고, 온몸에 이레즈미 타투가 빼곡한, 험상궂게 생긴—과는 대척점에 있는 한 남자가 서 있었다. 그는 빼빼 마른 체격에 피부는 뽀얗디뽀얬으며, 금방이라도 픽 쓰러질 듯 여리여리한 이미지였다. 양팔과 손등, 목선에 자리한 여러 개의 타투가 아니었다면, 우리 중 누구도 그가 우리의 첫 타투를 완성해줄 타투이스트라고는 상상조차 하지 못했으리라.

3층짜리 빌라 건물 안으로 들어선 우리는 계단에 어정쩡하게 서서 그가 현관문 도어락을 풀어주기를 기다렸다. '이곳에서 다시 나올 땐 내 손목에 타투가 새겨져 있겠지.' 두려움 반, 설렘 반으로 심장이 콩닥거렸다.

곧 우리 앞엔 신세계가 펼쳐졌다.

재지(jazzy)한 음악이 흘러나오는 작업실에는 1950년대에 개봉했을 법한 영화의 포스터가 담긴 커다란 액자가 소파에 기대어 있었고, 한쪽에는 수술대 같은, 성인 한 명이 다리를 쭉 뻗고 누울 수 있을 크기의 검은색 가죽 베드가 놓여 있었다. 도대체 어디에서 가져온 걸까 싶은 독특한 그림이 곳곳에 붙어 있었는데, 개수는 일일이 세어보지 않았으나 세 자릿수가 넘어 보였다. 전신 거울마저도 평범하지 않은 생경한 작업실 풍경에 우리는 호기심 어린 눈으로 쉴 새 없이 이곳저곳을 훑었다.

손님용 소파 바로 뒷벽에는 이 타투이스트의 인스타그램 피드에서 봤던 것들을 비롯해 아직 피드에 올라오지 않은 여러 도안들이 무질서하면서도 질서 있게 걸려 있었다. 범고래, 늑대, 해골, 십자가, 리볼버, 조각상, 천사, 나비, 해바라기, 나무 등 소재도 다양했다. 한참 그 그림들을 바라보다 보니 작품을 신중하게 그려나가는 타투이스트의 지난 날들이 상상되면서 그의 직업의식, 진지한 태도, 타투에 대한 애정이 느껴졌다. 그를 기다리며 농담 반 진담 반으로 걱정을 했던 게 겸연쩍었다. 도안을 바라보는 친구들의 표정을 보니 나와 비슷한 마음인 것 같았다. 작업실은, 2014년 당시에는 쓰이지 않았던 '힙하다'라는 말로밖에 표현할 수 없는 근사한 공간이었다.

멀뚱히 앉아 있는 우리 셋을 두고 타투이스트는 꽤 분주했다. 그는 데스크톱으로 우리가 예약한 도안의 크기를 조절하며 마무리 작업을 하고 있었다.

"어떤 분이 먼저 받으실 건가요?"

타투이스트의 물음에 우리는 눈을 동그랗게 뜨고 서로를 바라보았다. 매도 먼저 맞는 게 낫다지만 아직 우리 중 누구도 타투를 경험해본 적이 없었으므로 그 매(?)의 고통이 얼마만큼일지 몰라 두려웠다. '내가 먼저 받을게'라고 말하는 사람은 없었고, '네가 먼저?' 하며 배려인 척 서로에게 폭탄을 떠넘기고만 있었다.

하는 수 없이 세상에서 가장 공정하고 공평한 제도인 가위바위보로 순서를 정하려던 순간, 답답한 상황을 못 견디는 J가 먼저 받겠다며 나섰다.

왼쪽 손목에 전사를 찍고 자리에 앉은 J는 두려워하던 조금 전까지의 모습은 온데간데없고 타투를 할 생각에 설렌 듯 보였다. 타투이스트의 손에 들린 전동바늘은 왕왕 소리를 내며 엄청난 존재감을 뿜냈다. 눈을 감고 들으면 마치 치과 진료 의자에 앉아 있는 듯한 착각이 일었다. 바늘이 눈에 보이지 않을 정도로 빠르게 움직이면서 J의 손목에 새카만 점들이 새겨지기 시작했고, 점이 선으로 이어지면서 점차 하나의 완성된 모습을 이루어가고 있었다.

나는 작업에 방해되지 않을 정도의 물리적 거리를 유지한 상태로, 타투이스트에게 방해될 만큼 많은 질문을 J에게 다다다다 쏟아냈다. 아픈지, 얼마나 아픈지, 무슨 느낌인지, 혹시 지금 속으로 울고 있는 건 아닌지. J는 어이없다는 듯 웃으며 저리 좀 가 있으라고 했다. 아니, 타투를 받으면서 웃을 수가 있다고?

작업은 10분도 채 걸리지 않았다. J의 손목에는 음표와 연필로 이루어진 전구 모양의 타투가 또렷하게 새겨져 있었다. J의 타투를 조심스레 만져보며 신기해하던 것도 잠시.

"자, 다음 분. 자리로 오실까요?"

타투이스트가 새 바늘로 갈아 끼우는 사이, 나는 동그란 의자에 앉아 긴장된 마음을 달래려 심호흡을 하고 있었다. 작업 준비가 끝나갈 때쯤, 팔 받침대 위에 손목을 얹으며 깊은 한숨을 내뱉었다. 처음 사랑니를 뺄 때도 이 정도로 심장이 터질 것 같진 않았는데. 저쪽에서 J는 생각보다 안 아프다며 M을 토닥이고 있었다. 나는 온갖 신들에게 제발 안 아프게 해달라며 간절히 기도했다.

"작업 시작할게요."

이 말을 들은 순간의 느낌을 이전에도 경험한 적이 있었다. 2008년, 에버랜드에 있는 'T—익스프레스'라는 롤러코스터를 처음 탔을 때. 힘찬 목소

리로 "출발!"을 외치던 알바생들이 어찌나 얄밉던
지…. 아, 타투이스트가 얄미웠다는 건 아니다. 그
때처럼 나는 후회와 설렘과 체념과 두려움이 뒤섞
인 마음으로 전동바늘을 겸허히 받아들일 준비를
하고 있었다.

전동바늘과 피부가 처음으로 맞닿은 순간엔
조금 후회를 했던 것도 같다. 살면서 처음 느껴보는
감각에 꽤 놀랐기 때문이다. 피부가 두꺼운 종이에
슥— 베였을 때의 느낌이 지속되는 듯했달까. 잘 벼
린 커터칼을 내 팔에 대고 직직직 그어대는 것 같기
도 했다. 전동바늘이 손목에 닿을 때마다 손가락 끝
부터 어깨까지 팔 전체가 미세하게 떨렸다. 다행히
아픔은 금방 무뎌졌다.

우리의 손목에 새겨진 전구 타투를 자세히 보
면 꼭지쇠는 연필 모양으로, 필라멘트는 음표 모양
으로 이루어져 있다. 연필은 문예창작을 전공한 나
를, 음표는 음악을 전공한 J를, 전구는 아이디어를
형상화한 것으로, 디자인을 전공한 M을 상징한다.
각자의 전공 분야를 하나의 그림에 표현한 건 M의
아이디어였다. 도안 역시 M이 직접 그린 것이다.

그렇게 우리는 1년간 추진한 첫 타투 프로젝

트에 마침표를 찍었다. 내 인생의 절반 이상을 함께 보낸 친구들과 같은 고통을 겪으며 같은 모양의 타투를 새긴다는 건 도원결의 의식과도 같았다. 유비, 관우, 장비가 복숭아밭에서 하늘에 대고 의를 맹세했다면, 우리 셋은 바로 이 타투 작업실에서 타투이스트를 증인 삼아 평생 우정을 다짐한 셈이었다.

타투는 바르게 자라온 우리가 성인이 되어 처음 저지른 짜릿한 일탈이었는데, 나는 남들과는 다른 특별한 우리가 되었다는 게 자랑스러웠다. 당시 나는 그토록 바라던 문예창작과에 진학했으면서도 한편으로는 불안한 마음을 지우지 못하고 있었다. 요즘은 글 잘 쓰는 사람들이 워낙 많아서 글만으로는 밥벌이가 안 된다고, 등단은 고사하고 취업이나 하면 다행이라며 인문대보다 취업 안 되는 게 예술대라고들 했다. 그런 이야기들로 인해 후회와 불안이 자라날 때마다 손목에 새겨진 전구 타투를 바라보면서 전적으로 나를 응원해주는 친구들의 목소리를 떠올렸다. 그리고 다시 한번 스스로를 다독였다. 꿋꿋하게 나만의 길을 가자고. 밥벌이가 되든 안 되든 내가 원하는 것을 해보자고.

수년이 흘러 나는 작가가 되었고, J는 오디오

엔지니어가, M은 디자이너가 되었다. 각자 다른 분야에서 목표를 이루고, 전구 타투에 새겨진 대로 전공과 관련된 일을 하며 스스로 삶을 일구어나가는 어른이 되었다는 게 멋있다는 생각을 자주 한다. 누구도 빠짐없이 꿈을 이루었다는 점으로 미루어보자면 타투에는 자기암시의 효과가 있는 게 분명하다.

그와 동시에 타투는 그것을 함께 새긴 이들을 떠올리게 한다. 힘든 일이 있을 때 좌절하지 않을 수 있었던 건, 서로를 생각하는 마음을 고스란히 느낄 수 있는 타투가 존재하기 때문이었다. 서로의 선택을 존중해주고, 언제든 기댈 수 있고, 좋은 일이 생겼을 때 제일 먼저 함께 기뻐해줄 수 있는 우리니까. 그 타투를 볼 때마다 나와 가깝고도 먼 어느 곳에 그들이 있다는 사실만으로도 안도의 숨을 내쉴 수 있다.

글과 타투

내 몸에 새긴 타투 중 어떤 타투를 가장 좋아하냐는 질문을 많이 받는다. 각각의 타투에 담긴 의미가 모두 다르고, 그것들을 각기 다른 이유로 사랑하기에 딱 하나를 최애 타투로 선정하는 일은 참 어렵다. 고민을 거듭하다 결국 두세 개의 타투를 보여주곤 하는데, 복수 응답에서 절대로 빠지지 않는 타투가 하나 있다. 왼팔 안쪽에 자리한 책 타투다. 환히 불을 밝히고 있는 자그마한 간접조명과 책 한 권이 나란히 놓여 있는 모습의 라인 타투로, 2020년 여름에 새긴 것이다.

　　내 이십대의 절반은 온통 아이돌로 점철되어 있었다. '아무튼 시리즈'를 쓰고 있다고 말하면 주변 사람들이 하나같이 "그런데 『아무튼, 아이돌』은 이미 나왔잖아?"라고 답했을 정도다.

　　나는 졸업과 동시에 대학이라는 울타리가 사라지자 인생을 스스로 책임져야 한다는 중압감에 짓눌렸다. 전공을 살려 글을 쓰고 싶다는 생각은 막연하게 있었지만, 그저 이렇게 지내다 보면 언젠가 남들처럼 인생이 필 거라는 생각만 할 뿐, 단 한 문장도 쓰지 않았다. 성공한 누군가의 삶의 이면에는 수많은 인내의 순간과 피눈물 나는 노력이 존재한다는 사실을, 아무도 내 인생을 대신 살아주지 않는다는 현실을 전부 모른 체하고 싶었기 때문이었는지도 모르겠다. 또 하필이면 당시에는 '욜로'가 열풍이었는데, 그것은 지금 이 순간에 집중하게 하는 마인드 컨트롤러라기보다는 돈과 시간을 계획 없이 마구 사용해도 된다는 자기 합리화 수단으로 작동했다. 그렇게 '내일은 없다!'를 되뇌며 벌어들인 돈을 전부 덕질에 쏟아부었고, 종일 좋아하는 아이돌의 영상을 보거나 떡밥 줍기에만 몰두하면서 오늘만 살다 죽을 사람처럼 대책 없이 살았다.

그러다 이십대 중반이라고 우기지도 못할 스물여덟이 되자 정신이 번쩍 들었다. 곧 있으면 서른이라니. 내가 삼십대라니! 서른이란 믿을 수 없을 만큼 놀라운 일이 벌어져도 너무 호들갑을 떨거나 화내거나 슬퍼할 수 없고, 그저 담담히 받아들일 수밖에 없는, 사뭇 진지해져야 하는 어른의 나이였다. 뒤늦게 주위를 둘러보니 얼마 전까지만 해도 나와 같은 출발선에 서 있던 사람들은 저 멀리 앞선 지 오래였고, 제자리에 덩그러니 서 있는 이는 나 하나뿐이었다. 계속해서 '내일은 없다'라는 태도로 살다 간 '내 일은 없다'가 되어버리고야 말 터였다.

10여 년간 누군가의 팬으로서 살아온 삶을 중단하고 진정으로 나 자신을 위한 삶을 살고 싶었다. 매번 "이제 덕질 그만둘 거야"라고 말해도 다짐은 그때뿐. 음성이 공중에 머물다 사라지는 순간, 말의 효력도 함께 상실됐다. 나 혼자서 대충 한 약속은 언제든 쉽게 번복됐다. 따라서 확실한 수단이 필요했다. 나 자신의 채찍이 되어줄. 그 수단으로 글을 택했다. 생각이 흔적도 없이 사라지지 않도록 글로 써 기록해놓으면 될 일이었다.

동시에 덕질이란 것이 하나의 문화로 자리하고 있는 만큼, 많은 이가 탈덕의 필요성을 논하기 시작한 시기였다. 그러한 때에 발맞춰 탈덕 에세이를 세상에 내놓으면 시의적절한 책이 되어주리라 생각했다. 이 세상 어딘가에 나처럼 덕질을 그만두고 싶지만 여러 이유로 그러지 못하고 있는 사람들이 존재한다는 것도 알았다. 그들에게 조금이나마 도움이 되고자 글을 써서 독립출판물로 엮어 출간하기로 결심했다. 나의 덕질 역사, 현재의 덕질 방식, 그리고 탈덕을 해야 하는 이유와 실질적인 방법까지, 덕질에 관한 모든 경험과 생각을 글로 풀어냈다.

반년간 머리를 싸매며 글을 쓰고, 업체에 문의해 책을 제작하고, 전국 각지에 있는 독립서점들에 일일이 입고 신청 메일을 보내고, 출근하듯 우체국에 들러 책을 부쳤다. 체력은 완전히 바닥났지만 정신만큼은 그 어느 때보다도 맑았다. 누군가의 팬으로서가 아니라 나 자신의 삶을 위해 움직이는 건 '살아 있다'는 감각을 온몸으로 느낄 수 있는 황홀한 일이었다.

책이 출간되고 얼마 지나지 않아 여러 독자가 메시지를 보내왔다. 모르는 사람들에게 그렇게나 많은 칭찬과 감사 인사를 받아본 건 처음 겪는 일이라 감격스러우면서도 얼떨떨한 기분이었다. 한 독자는 공들여 쓴 장문의 메일을 보내왔는데, 지금까지 연예인을 쫓아다니는 데 인생을 바쳐온 사람이라고 자신을 소개했다. 그러고는 누군가의 팬으로만 살아왔던 지난 삶을 고백하며, 앞으로는 최애에게 향해 있던 카메라 렌즈를 자신의 삶으로 돌릴 것이라고 내게 약속했다.

그 일을 계기로 내가 세상에 툭 던진 말이 누군가의 마음에 커다란 해일을 일으킬 수 있음을 다시금 깨달았다. 그러니 어딘가에 글을 쓸 때는 단어 하나에도 신중해야 한다는 것도. 그날의 감정과 생각을 영영 잊고 싶지 않아서, 책 모양의 라인 타투를 스스로에게 선물했다.

한편으로 책 타투는 나 자신에게 '글을 쓰고 책을 만드는 사람'이라는 새로운 정체성을 심어주는 작업이기도 했다. 그렇게 스스로를 정체화함으로써 나의 가능성을 믿어주고 싶었다. 그 누구도 아닌 내가 나를 믿어줄 때 가장 강한 힘을 발휘할 수 있는 법이니까. 타투는 그 어떤 말보다 직관적으로 메시지를 전달하며 생각에 변화를 일으킨다. 그건 지난날의 내가 현재의 나에게 건네는 응원과 격려의 목소리이기도 하다. 그래서일까. 책 타투를 새긴 뒤 새로운 운이라도 깃든 것처럼 삶에 몇 가지 변화가 찾아왔다.

문예창작과를 나왔으니 다른 사람들보다는 더 많은 책을 읽었을지 몰라도 나는 결코 다독가는 아니었다. 그런데 책 타투를 새긴 뒤로 늘 곁에 책이 있다. 독서 역시 운동과 마찬가지로, 시간 날 때 하는 것이 아니라 시간 내서 해야 한다. 그렇게 의무적으로 해야 하는 일일수록 실행력이 뒷받침되어야 하는데, 타투는 CCTV처럼 언제나 곁에서 응시하고 있어서 결국 내가 움직이도록 만든다. 유튜브 영상을 보려고 스마트폰을 들었다가도 왼팔의 책 타투를 보면 군말 없이 다시 책상 앞에 앉아 책을 펼친다. 작디작은 타투가 일으키는 파동은 다른 어떤 메시지보다도 강력하다.

　직업적으로도 큰 변화가 있었다. 스스로 '책 만드는 사람'이라는 정체성을 부여한 것처럼 나는 정말 책 만드는 사람, 다시 말해 출판편집자가 되었다. 대학 졸업 이후 네 번째 직업인데 드디어 딱 알맞은 옷을 입은 느낌이다. 의미 있는 일을 하고 싶었던 나에게 편집자라는 직업은 전공도 살리면서 내가 추구하는 가치와도 맞는 일이었다. 책에는 분명 사람들이 더 나은 삶을 살아갈 수 있도록 만들어주는 힘이 있고, 책 속의 단 한 문장이 누군가의 인생을 바꾸는 계기가 되기도 하니까. 누군가가 살아가는 데, 혹은 사소한 선택을 내리는 데 티끌만큼이라도 도움이 된다면 나는 충분히 만족스러울 것이다.

　하지만 편집자라는 직업을 통해 안정감을 느끼면서도, 마음 한구석에서는 나만의 글을 쓰고 싶다는 욕심이 자라나며 또 다른 갈증을 일으켰다. 쓰고 싶다는 바람을 넘어 꼭 해야 하는 일이라는 생각마저 들었다. 글을 쓴다고 해서 무언가 달라지는 게 있을까, 내가 글 쓸 자격이나 있을까, 누가 내 글을 읽어주기나 할까, 과연 제대로 해낼 수 있을까, 초조함이 더해진 채로.

　　그러나 해야 한다는 것은 곧 그것을 해낼 힘이 존재한다는 뜻이다. 내가 무언가를 디자인하지 않아도 되는 건 디자인을 할 수 없기 때문이다. 내가 피아노 연주회를 열지 않아도 되는 건 피아노를 칠 수 없기 때문이다. 다시 말해, 글을 써야 한다는 건 글을 쓸 수 있다는 말이기도 하다.

　　"일단 써!"

　　책 타투는 이렇게 말하고 있었다. 무언가를 해야 한다는 생각으로부터 비롯된 불안감과 부담감을 없애고 싶다면, 그것을 당장 하면 된다.

　　내가 내게 심어준 가능성은 생각보다 큰 힘을 발휘했다. 기어코 나는 나의 글을 쓰기 시작했다. 내 삶에서 절대 빼놓을 수 없는 무언가에 관해서. 그러니까, 바로 지금 쓰고 있는 이 책 『아무튼, 타투』 말이다.

　　아마 죽을 때까지 글이 쉬우면서도 어렵고, 가슴 벅찰 만큼 좋다가도 욕이 절로 튀어나올 정도로 싫겠지. 그럴 때면 왼팔에 새겨진 책 타투가 속삭여줄 것이다. 나의 가능성을 떠올리고 다시 힘을 내보자고. 결과가 좋을지 나쁠지는 글을 다 쓰기 전까진 아무도 모르는 거니까, 일단 무엇이든 쓰기 시작하자고.

글과 타투는 기록을 통해 나를 알아나가는 과정이라는 공통점이 있다. 글을 쓰다 보면 마음이 차분해지면서 복잡했던 감정의 원인을 알게 되거나 나아가야 할 방향 혹은 해결 방법이 뚜렷하게 보인다. 정말 원하는 게 무엇인지도 알 수 있어서, 계속해서 나를 알아가고 싶어서 글을 쓴다.

타투 역시 나 자신과 대화를 나누는 일이다. 요즘 어떤 주제에 흥미를 느끼는지, 무슨 생각을 하며 사는지, 무엇을 좋아하는지, 왜 좋아하는지, 누구를, 어떤 날을, 어느 곳을 기억하고 싶은지. 내 취향과 가치관과 잊고 싶지 않은 기억과 감정을 내 몸에 기록으로 남긴다. 그림과 선으로, 색채와 형태로. 그렇게 타투를 하나둘씩 새기다 보면 신기하게도 나라는 사람이 더욱 궁금해지면서 내일의 나를 기대하게 된다. 어쩌면 나는 나를 더 사랑하고 싶어서 글을 쓰고 타투를 새기는지도 모르겠다.

출퇴근길에 웃는다는 것

귀여운 걸 보면 나도 모르게 웃음이 난다. 산책하며 헤헤 웃고 있는 강아지들과 고양이의 엉뚱한 모습들, 온갖 종류의 귀여운 동물 영상들, 최애의 말간 웃음 같은 것들 말이다. 그리고 내 오른쪽 손목에 있는 새끼손톱만 한 스마일 타투를 볼 때도 절로 미소가 지어진다.

나는 무서운 영화를 좋아한다. 영화관에서는 사람을 깜짝 놀라게 하는 호러영화를 즐겨 보고, 집에서는 사람이 이리저리 썰리거나 내장이 쏟아져 나오거나 해괴망측한 좀비 또는 괴물이 튀어나오거나 〈버드 박스〉처럼 분위기만으로 심장이 쫄깃해지는 영화를 자주 본다. 반드시 보고 싶은 영화여야만 영화관에 가지만, 여름에는 공포영화를 보기 위해 영화관을 꼭 찾는다. 그래야 여름을 제대로 난 기분이 든다.

10월 초의 어느 날, 한여름도 아닌데 뜬금없이 웬 공포영화의 예고편이 트위터 타임라인으로 흘러들어 왔다. 영화 〈스마일〉이었다. 예고편만으로도 소름이 돋는 것을 보아하니 '웰메이드' 호러영화임이 분명했다. 걸작의 냄새를 맡은 나는 곧장 강심장인 친구 B를 꼬셔서 함께 극장에 갔다. 영화 보는 내내 하도 긴장해서인지 며칠 동안 목덜미와 어깨가 담 결린 것처럼 뻐근했다. 러닝타임 동안 애플워치가 기록한 내 심박수는 100BPM을 웃돌았고 최고 120BPM을 기록했다. 피가 낭자했고, 영화 속 인물들이 입이 찢어지도록 활짝 미소를 지으면서 자살하는 장면들도 끔찍했다. 비가 추적추적 내리는 우중충한 날, 오래간만에 제대로 된 호러영화를 만나서 굉장히 만족스러웠다. 좀 변태 같나….

모순적이라 해야 할지, 입체적이라 해야 할지 모르겠지만 사실 나는 겁이 많다. 그것도 아주 많이. 특히 귀신을 무서워해서 귀신 나오는 영화는 잘 못 보고, 안 본다. 어렸을 때 괜히 센 척하면서 〈주온〉 같은 영화를 끊임없이 본 탓에 머릿속에 생생히 그릴 수 있는 귀신의 이미지가 최소 다섯 가지는 된다. 가끔 세수하다가 그 얼굴들이 불쑥불쑥 떠오르는데 그럴 때면 심장이 바닥까지 쿵, 떨어지는 느낌이다.

〈스마일〉을 보고 나서도 잠깐의 만족 이후 후회가 몰려왔다. 잠들기 직전 방 안의 불을 껐을 때, 세수할 때, 어떠한 공간에 혼자 있을 때마다 자꾸만 영화 속에서 첫 번째로 죽은 여자의 얼굴이 눈앞에 나타났다. 눈을 한껏 치켜뜬 채 입꼬리가 양옆으로 찢어질 듯 웃고 있는 얼굴. 그 표정에는 곧 당신도 죽게 될 거라고 말하는 듯한 암시가 담겨 있다. 어쩜 그리도 섬뜩하게 미소 지을 수가 있는지, 연기가 아니라 CG였는지 묻고 싶을 정도다. 결국 그 여자가 등장하는 악몽을 꾸고야 말았다.

그런데 좀 황당하면서도 당황스러웠던 건 꿈 속에서 내가 그 여자를 보고 '아놔, 저 새끼도 내일 출근시켜버려(?)'라고 생각했다는 것이다. 잠에서 깬 후에 하도 어이가 없어서 피식 웃어버렸다. 어쩌면 내 무의식은 귀신보다 출근이 더 무서웠던 것일까…? 어릴 적 유행했던 괴담에 등장하는 '빨간 마스크'처럼 입이 찢어지도록 웃던 여자가, 꼭두새벽에 일어나 낡디낡은 1호선을 타고 터덜터덜 출근길에 오르는 모습을 상상하니 안쓰러웠다. 그건 내일 아침의 내 모습일 텐데….

우리 집에서 회사까지는 왕복 세 시간이 걸린다. 회사를 가려면 버스를 한 번, 지하철을 두 번 갈아타야 한다. 신도림역과 합정역에서 환승을 해야 하는데, 출근 시간대에 온 세상 사람이 다 모인 것 같은 그곳을 통과하다 보면 말 그대로 인류애를 잃는다. 누군가 내 앞길을 가로막기라도 하면, 부딪히

기라도 하면, 밀치기라도 하면 속으로 별별 욕을 다 한다. 그러고 싶지 않아도 저절로 그렇게 된다. 욕이 입 밖으로 튀어나올까 봐 다급하게 손으로 입을 틀어막기도 한다.

퇴근길에 비하면 출근길은 그나마 나은 편이다. 저녁 6시, 회사 일로 지친 사람들은 조금이라도 집에 빨리 가려고 그 누구도 양보하지 않는다. 더 먼저, 더 빨리 가려고 경쟁하고 애쓸 뿐. 지옥철에서는 아무도 입을 열진 않지만 모두가 한껏 예민해져 있음을 음울한 기운만으로도 느낄 수가 있다. 사람들은 서로의 가시에 찔리지 않으려 몸을 움츠려 보지만, 아무짝에도 소용이 없다. 결국에는 몸과 몸이 닿을 수밖에 없고, 미간이 찌푸려지고, 기분을 잡친다. 대부분의 하루는 그런 식으로 끝이 난다.

하루는 퇴근길에 나와 반대 방향으로 걷고 있던 누군가와 살짝 부딪혔다. 순간 나도 모르게 고개를 들어 그 사람을 정면으로 마주 보았다. 마치 슬로모션 기능으로 영상을 찍을 때처럼 그의 얼굴이, 아주, 느리게, 나를 스치고 지나갔다. 그 사람은 나를 똑바로 쳐다보진 않았지만 미간에 선명한 주름이 질 정도로 인상을 팍 쓰고 있었다. '저렇게까지

화날 일인가?' '내가 잘못한 건가?' 재빨리 멀어지는 그의 뒤통수에도 표정이 남아 있는 것 같아 이내 덩달아 기분이 나빠졌다.

공포영화의 한 장면이 난데없이 떠오르듯이 그의 표정은 불쑥불쑥 기억 속을 비집고 나왔다. 출퇴근길에 흔히 겪는 일인데도 1초도 안 되는 그 찰나의 순간이 왜 그렇게 자꾸만 생각났는지는 모르겠다.

그리고 며칠 지나지 않아 스크린도어 앞에 섰을 때, 어딘가 낯익은 표정이 보였다. 열받아 죽겠다는, 되는 일이 하나도 없다는, 언제까지 이러고 살아야 하는지 모르겠다는, 희망은 없다는, 불행을 다 떠안은 듯한 표정. 그러니까 나는 나와 부딪혔던 그와 똑같은 얼굴을 하고 있었다.

출퇴근이 힘든 건 사실이지만, 열받아 죽겠고, 되는 일이 하나도 없고, 언제까지 이러고 살아야 하는지도 모르겠고, 희망은 없다거나 불행하다고 생각하진 않는다. 힘들긴 하지만 버틸 만하니까 포기하지 않고 다니고 있는 것이기도 하다. 그런데 나는 왜 그렇게까지 인상을 쓰고 다녔을까? 이유는 모르겠다. 그냥 힘든 걸 티 내고 싶었던 걸까? 누구라도 나 좀 알아달라고 발악한 걸까? 만약 누군가가 그런 내 표정을 보았다면 그 사람에게도 나의 부정적인 감정이 옮겨 갔을 게 분명하다. 옆 사람의 한숨소리만 들어도 신경 쓰이는 게 사람이니까.

그 일을 계기로 되도록 웃으며 지내자는 의미로 눈에 가장 잘 들어오는 위치인 오른쪽 손목에다 스마일 타투를 그려 넣었다. 원래 손목에 있던 작은 점을 한쪽 눈으로 삼고, 윙크하고 있는 눈과 활짝 미소 짓고 있는 입을 그려 넣었다. 타투의 크기가 아주 작은 데다 그림이 어딘가 하찮아 보여서 오히려 더 깜찍하다.

무표정으로 일상을 살아가다가도 스마일 타투를 보면 저절로 입꼬리가 올라간다. 가끔은 그 타투가 어이없을 정도로 귀여워 보여서 헛웃음이 나올 때도 있다. 따지고 보면 헛웃음도 웃음이긴 하네. 마음이 아파 엉엉 울다가도 스마일 타투를 보면 어쩐지 타투가 '기분이 나쁠 땐 이 표정을 따라 해봐! ㅇ_<' 하는 것처럼 느껴져서 또 웃음이 난다.

낙엽이 굴러가는 것만 봐도 웃는다는 말처럼 어렸을 때는 별거 아닌 일에도 배를 부여잡고 웃었는데, 이제는 한 번도 웃지 않고 지나가는 날이 늘어

간다. 감정에 무뎌져서 그런 건지 아니면 직장인이라 그런 건지…. 활짝 웃는 표정을 지으면 굳어 있던 안면 근육이 덜덜 떨릴 정도다. 하지만 억지로 미소 짓다 보면 기분이 점차 나아지기도 한다.

이제는 힘들고 화나는 일이 있어도 되도록 인상 쓰지 않으려 의식적으로 노력한다. 짜증 나면 차라리 웃어버리는 게 더 나을지도 모른다. '확확확!' 하고 육성으로 웃는 게 아니라 그냥 슬쩍, 아무도 모르게 미소 지어보는 것이다. 정말이지 웃어서 나쁠 건 없다. 그러니 그냥 웃어버리자. 힘들수록, 열받을수록, 월요일일수록.

만약 누가 나를 열받게 한다면 그 사람에게 다가가 영화 〈스마일〉 속 인물들처럼 섬뜩하게 씨—익 웃어주는 게 하나의 방법일지도 모른다. :)

세상에 완벽한 것은 없다

'걱정'이라는 키워드를 빼놓고 나라는 인간을 설명할 수 있을까? 그것은 지금 당장 내가 SM엔터테인먼트에 입사해 내일 제2의 에스파로 데뷔하는 일과 같다. 만약 국제 걱정 대회가 열린다거나 '걱정하기'가 올림픽 종목으로 공식 채택된다면, 금메달은 이미 떼놓은 당상이다.

　한 살 두 살 나이가 들면서 체구가 자라는 동안 내 안에 싹을 틔운 걱정도 콩나물 자라듯 쑥쑥 성장해버렸다. 걱정은 무서운 기세로 세력을 확장했고, 걱정 왕국의 1등 시민이었던 어린이는 별의별 걸 두려워하느라 가슴이 조마조마한 어른으로 자랐다. 마치 머릿속에 걱정을 연료 삼아 365일 내내 돌아가는 시나리오 공장이라도 차려진 것처럼 말이다.

　나에게 착 달라붙어 있는 불안과 긴장은 수면 습관과 수면의 질에도 악영향을 미친다. 항상 얕은 잠을 자며, 복잡한 꿈을 꾼다. 마지막으로 꿈을 꾸지 않고 푹 잤던 날이 언제였지? 내 꿈의 90퍼센트 이상은 현실에서 골똘히 생각하거나 고민했던 일을 바탕으로 전개되며 언제나 비극적 결말로 끝이 난다. 헤어지거나, 놓치거나, 실패하거나, 지거나, 들키거나, 쫓기거나, 죽어버리거나, 심지어 죽여버리면서.

어떤 일을 앞두고 있을 때 잘 해낼 수 있으면서도 계속해서 스스로를 의심하고, 의심은 걱정을 양분 삼아 몸집을 불리며 불안으로 자라난다. 지독한 그림자처럼 따라붙는 불안으로부터 벗어날 수가 없다. "할 수 있지?" 스스로 던진 질문에 "할 수 있다!"라 외쳤던 답은 거짓이 되어버리고, 할 수 있다고 여겼던 모든 일은 가늠을 엄두조차 낼 수 없는 것이 되고 만다.

이러한 습관성 불안은 완벽을 향한 강박에서 비롯되었는지도 몰랐다. 무엇이든 잘 해내야 하고, 틀려서도 안 되고, 매일 더 나아져야만 한다는. 그래서 나는 한번 뱉은 말을 모두 다 지키려 애쓰느라 쉽게 지치고, 조금이라도 잘못하면 지나치게 자책한다. 대개 완벽을 향한 강박은 자기 확신의 부재에서 기인한다. 인정하고 싶지 않았으나, 내게 자기 확신이 부족한 까닭은 아마도 형편이 어려운 집안에서 유년기와 사춘기를 보냈기 때문이 아닐까 싶다.

인쇄소를 했던 우리 집은 회상하고 싶지 않을 정도로 힘들었다. 손님이 아예 오지 않아 수입이 없는 날이 대부분이었다. 좁디좁은 거실, 부모님의 지친 표정 같은 데서 넉넉지 못한 집안 사정이 겉으로도 선명히 드러난 탓에 자주 돈과 빚에 대해 생각하다 슬퍼졌고, 홀로 수치심과 싸워야 했다.

"우리 집은 망했다."

중학생이던 언니와 나를 앉혀놓고 아빠는 서글픈 얼굴로 이야기했다. 정말 우리 집은 망해버려서 더 낙후된 동네의 더 좁은 집으로 내몰리듯 이사를 했다. 부모님이 말다툼을 벌이는 일이 잦아졌다.

집에서 언제나 주눅이 들어 있었던 나는 제 나이답지 않게 타인의 감정을 읽는 데 예민해졌다. 집에 가기 싫어서 운동장에 어둠이 드리울 때까지 교정을 배회하다가 달이 뜨고 나서야 터덜터덜 집으로 돌아갔던 날이 숱하다. 당시 썼던 일기장의 거의 모든 페이지마다 우울하다거나 살기 싫다는 말이 적혀 있다.

반대로 학교에서 나는 그 누구보다 밝은 아이였다. 친구들과 두루두루 어울려 지내며 반장도 여러 번 했고 선생님들에게도 이쁨받는 모범생이었다. 학교에서만큼은 빚 같은 걸 걱정하지 않고도 시간을 보낼 수 있어 마음이 놓였다. 집보다 학교에서 더 크게, 더 많이 웃었다. 안방보다 교무실에서 안정감을 느꼈다. 집에서는 불이 꺼진 성냥개비처럼 구석에서 나뒹굴던 내가 학교에서는 누구보다 뜨겁게 활활 타올랐다. 소외된 친구들까지 나서서 챙겨줄 만큼 친절하고 다정하며, 활동적이고 재미있는 아이였다. 나에겐 학교가 진짜 집이나 다름없어서 하굣길보다 등굣길을, 방학식보다 개학식을, 종업식보다 새 학기를 손꼽아 기다리곤 했다. 학창 시절, 친구들에게 입버릇처럼 말하곤 했다. 집에 가기 싫다고. 졸업은 더 더 싫다고.

집 안과 밖에서 정반대의 감정을 오가던 나는 혼란스러웠다. 별거 아닌 일에도 행복해하며 웃고 떠드는 내가 나인지, 아니면 가족의 눈치를 보면서 기죽어 있고 어두운 모습이 진짜 나인지 알 수 없었으니까. 그 와중에 평정심을 유지하기 위해 스스로의 감정을 부정하는 습관까지 생겨버렸다. 그렇게 자기 확신이 부족한 어른으로, 완벽한 삶에 집착하느라 늘 불안해하는 사람으로 완성되었다.

다행히 성인이 된 후로 집안 사정은 많이 나아졌다. 이제는 집에서 눈치를 살필 일도 없고, 분위기도 한층 밝아졌다. 그럼에도 내 안에 계속해서 고이고 고이는 불안과 두려움으로 인해 늘 초조했다. 이런 식으로 가다간 마음이 통째로 썩어버릴지도 몰랐다.

그에 대한 처방으로 나는 타투를 선택했다.

먼 옛날에는 타투가 병을 낫게 해준다는 주술적인 믿음으로 환부에 타투를 새기기도 했다. 예를 들어, 세계에서 가장 오래된 미라인 '외치'의 몸 구석구석에 수십 개의 타투가 있었다. 특히 무릎과 발목에 집중적으로 타투가 새겨져 있었는데 엑스선으로 정밀검사 한 결과, 외치는 퇴행성관절염을 앓고 있었다고 한다. 담석증이 확인된 하복부에도 여러 개의 타투가 새겨져 있다. 외치의 타투는 선사시대부터 치료의 목적으로 타투를 새겨왔음을 시사한다.

그리고 오래전부터 사람들은 스스로를 지키거나 눅눅한 삶을 환기할 수 있는 힘을 얻기 위해 용기, 권위, 명예, 승리, 지혜 등을 상징하는 용맹한 동물들, 가령 호랑이, 사자, 표범, 독수리, 뱀, 늑대를 타투로 새겼다.

옛사람들이 그랬듯 나 또한 부적을 붙이듯 타투를 새길 작정이었다. 타투는 피부 위에 새겨지는 것만으로도 잊고 싶은 과거로부터 탈피하게 해주는 기능이 있다. 때로 타투는 삶을 변화시켜주는 촉매가 되어주기도 한다. 걱정과 불안이 발생하는 몸의 안쪽, 흉곽 하부에다 타투를 새겨 넣으면 내 안에 부유하는 불안을 몰아낼 수 있을 것 같았다. 수천

년 전, 외치가 주술적 믿음을 가지고 환부에 타투를 새겨 넣은 것처럼, 나아질 수 있다는 확신이 내겐 필요했다.

주문 제작 한 타투 도안은 며칠 후 완성되었다. 역동적으로 달리는 말과, 말에 올라타 활을 겨누고 있는 강인한 여성의 모습이 담긴 그림이다. 어렸을 때부터 좋아한 초현실주의 화가 살바도르 달리의 〈성 안토니우스의 유혹〉이라는 그림에서 아이디어를 얻어, 친한 타투이스트 S 언니에게 부탁한 도안이었다. 도안 속 여성처럼 두려움 없이 전진하는 사람이 되길 소망했다. 나는 이 타투에 '달리 타투'라 이름 붙여주었다.

그런데 예상치도 못한 일이 발생했다. 피부 위의 상처가 아물고 타투가 온전히 자리를 잡았는데도 머릿속을 꽉 채운 온갖 불안이 조금도 사라지지 않았다. 자꾸 쓸데없는 걱정을 하고, 무언가를 시도하기 전 두려운 마음부터 앞서고, 일어나지도 않을 먼 미래의 일까지 걱정하느라 두통약을 달고 사는 습관도 바뀌지 않았다. 이러자고 타투한 게 아닌데. 내가 꿈꾸던 걱정 없는 삶에 대한 기대도, 환상도 허무하리만치 산산이 부서져버렸다.

그렇다면 남은 방법은 단 하나. 걱정으로부터 벗어나려 발버둥 치는 것이 아니라, 자기 확신이 부족하고 걱정에 시달리는 내 모습조차도 있는 그대로 받아들이는 것. 오직 그뿐이었다. 나는 완벽할 수 없고 완벽할 필요도 없다. 어쩌면 완벽해지겠다는 말은 불행해지겠다는 말과 동일한 말인지도 몰랐다. 도대체 세상에 완벽할 수 있는 사람이 어디 있단 말인가.

내 몸에 새겨진 타투들만 봐도 그렇다. 백 퍼센트 마음에 드는 타투는 없다. 어떤 건 관리를 잘하지 못해 잉크가 많이 번져 아쉽고, 어떤 건 너무 크게 했나 싶고, 지금의 나와 어울리지 않는 것도 있고, 심지어 다른 색으로 할 걸 그랬나 싶은 타투도 있다. 달리 타투 역시 그 목적—걱정으로부터의 해방—을 이루지 못했으니, 누군가 실패한 타투라고 한대도 할 말이 없다.

그럼에도 한 가지 단언할 수 있는 건, 나는 내 타투들을 사랑한다는 것이다. 어떤 타투는 어디로 나아가야 할지 모를 때 갈피를 잡도록 도와주는 이정표가 되어준다. 어떤 타투는 존재만으로도 힘이 되는 사람들을 떠올리게 한다. 어떤 타투는 행복했던 날을 상기시켜주고, 또 어떤 타투는 원하는 대로 살아갈 자유가 있음을 기억하게 한다. 그리고 달리 타투는 내가 스스로를 있는 그대로 받아들이도록 만들어주었다.

타투는 한순간에 내 인생을 바꿔주지는 않지만, 가장 가까운 거리에 존재하며 언제나 내 편이 되어준다. 나를 완전히 포기해버리고 싶은 순간에도, 타인의 말에 이리저리 흔들려도 결코 나를 떠나지도 배신하지도 않는다. 다만 묵묵히 자신의 자리를 지키다가, 내가 절망이라는 돌부리에 걸려 넘어지면 손을 내밀어줄 뿐.

타투는 그렇게 앞으로 나아갈 수 있도록 힘을 준다. 내게 존재하는 타투로 인해 혼자가 된 순간에도 오롯이 살아갈 수 있다.

예전에는 괜한 걱정이 쏟아질 때면 마음이 젖지 않도록 긍정적인 생각들을 우산처럼 활짝 펼치곤 했지만, 지금은 밀려드는 불안을 애써 피하지 않는다. '그럴 수도 있지' 하고 덤덤히 생각하면서 그저 그런 기분도 잘 받아들이려 애쓴다. 그렇게 생각하다 보면 걱정에 관한 생각 자체가 좀 덜어지는 것도 같다.

내 몸에 새겨진 타투가 완벽하지 않아도 못난

부분보다 좋은 이유만을 생각하며 사랑을 퍼부어주듯이 조금 부족한 내 모습의 긍정적인 면에 더 집중할 수 있는 내가 되면 좋겠다. 자기 확신이 부족해 늘 걱정과 두려움을 안고 사는 나지만, 그렇기에 뭐든 철저히 계획하고 대비하며 남들보다 한발 앞서 나가는 것도 나니까. 불안감이 커서 모든 일에 기대치가 낮지만, 좋은 결과를 얻거나 뜻밖의 행운을 만나면 배로 기뻐하는 나니까. 완벽하지 않아서 완벽한 나니까.

성공한 덕후는 타투로도 계를 탄다

할리우드 배우가 내 타투를 볼 확률은 얼마나 될까? 그것도 내가 제일 좋아하는 배우가. 모르긴 몰라도 100보다는 0에 가까울 것이다. 그런 말도 안 되는 일이 벌어졌다. 나에게.

덕질을 열심히 해온 만큼 그간 계를 탄 경험이 많았다. 덕질하는 그룹의 한 멤버와 몇 달간 함께 일한 적도 있고, 최애가 인스타에 올린 사진 한구석에 우연히 내가 찍히기도 했으며, 최애를 힘껏 껴안은 적도 있다. 어떤 최애는 나를 알아봐주기도 했다. 그런 나였기에 주변 사람들은 이 이야기를 듣고도 '역시 성덕은 타투로도 계를 타는구나' 하며 덤덤한 반응을 보였다. 그렇지만 아무리 성덕의 표본인 나라고 해도 그렇지. 도대체 어떻게 매켄지 데이비스가 내 타투를 볼 수 있단 말인가!

내 오른쪽 위팔에는 영화 〈터미네이터: 다크 페이트〉의 한 장면 속 매켄지 데이비스의 모습을 새긴 타투가 있다. 흔하디흔한 남성 중심 영화들, 그러니까 여성 캐릭터를 그저 어딘가 나약하고 도움이 필요한 존재로, 남성 캐릭터를 위한 희생양으로, 보조자로, 희롱의 대상으로만 묘사하며 성적 대상화 하기에 급급했던 기존 영화들과 달리 〈터미네

이터: 다크 페이트〉는 등장인물 중 단 한 명의 여성도 대상화되지 않는다.

사라, 그레이스, 대니. 세 여성 주인공 모두 죽음의 위기를 앞두고도 절대로 물러서지 않을 만큼 강인하다. 멋진 여성 캐릭터들과 시의적절한 대사, 배우들의 화려한 액션 연기, 여성이 여성을 구하는 영웅 서사에 카타르시스를 느꼈고, 도무지 가시질 않는 여운으로 인해 무려 일곱 번이나 영화관을 다시 찾았다. 공식 루트로 다운로드해서 본 것까지 합치면 아마도 스무 번은 족히 넘을 것이다. 영화가 마지막으로 상영되던 날에는 종일 울컥거리는 마음을 달래야 했다. 〈죽은 시인의 사회〉, 〈토이스토리 1〉, 〈델마와 루이스〉를 제치고 〈터미네이터: 다크 페이트〉는 나의 첫 번째 '인생 영화' 자리를 차지했다.

영화가 막을 내린 뒤에도 한참이나 매켄지가 연기했던 '그레이스'에 푹 빠진 채 현생 불가의 삶을 살았다. 강화된 인간인 그레이스는 그간 미디어에서 쉽게 볼 수 없었던 여성의 모습으로 그려졌는데, 근육질의 외형에다 키는 무려 180센티미터나 되며, 터미네이터와 맨몸으로 싸울 만큼 초인적인 힘을 발휘한다. 또한 자신이 지키고자 하는 누군가를 온몸으로 보호하는 충성심 넘치는 인물이다. 여성 캐릭터를 이런 식으로도 그려낼 수 있다는 사실에 놀란 한편, 그레이스의 멋진 외형과 강인함에 반했고, 거의 동경에 가까운 마음으로 그를 바라보게 되었다.

원래 나는 절대로 덕질 대상과 관련된 타투는 하지 않는다. 아무리 최애를 사랑한다 해도. 그건 나 자신과 한 약속이기도 하다. 언제 무슨 이유로 최애가 바뀔지, 최애가 언제 어떤 사고를 칠지 알 수 없으니까. 누군가의 팬이었던 여성이라면 한번쯤은 경험해보지 않았을까? 현 최애 또는 구 최애가 범법을 저지르거나 부도덕한 사생활이 드러나 충격받았던 일 말이다. 하도 그런 일이 잦다 보니 이제는 새로운 사건도 별로 놀랍지 않다.

그럼에도 〈터미네이터: 다크 페이트〉 속 매켄지의 모습을 타투로 새긴 이유는 그 영화를 처음 봤을 때 느꼈던 벅찬 감동을 평생토록 간직하기 위함이었다. 파란색 보안 요원복을 입은 그레이스가 총구를 겨누고 있는 모습의 타투를 볼 때마다 그 영화를 처음 봤던 날의 감동과 후련함이 파도처럼 밀려온다. 그날이 가슴 사무치게 그립다기보다는 좋았던 기억을 가볍게 회상하는 정도의 아련함이다.

타투를 하고 한 달쯤 지나서였을까. 놀랍게도 '그 사건'이 일어났다. 일단 나는 인스타그램 창업자에게 감사의 절이라도 올려야 한다. 왜냐하면 인스타그램을 통해 〈터미네이터: 다크 페이트〉의 한 단역배우와 메시지를 주고받게 되었기 때문이다! 그녀가 나를 맞팔했다는 알림이 뜬 날, 진심을 꾹꾹 눌러 담은 장문의 메시지와 함께 기쁜 마음으로 나의 타투 사진을 그녀에게 전송했다.

—안녕하세요! 제가 영어를 못해서 번역기를 사용합니다. 그래서 제 말이 이상할 수도 있어요. 저는 〈터미네이터: 다크 페이트〉의 열렬한 팬이에요. 영화관에서 일곱 번 봤을 정도로요. 저는 이 영화가 제 인생 최고의 영화라는 걸 깨달았어요. 저는 페미니스트로서 이 영화를 지지할 수밖에 없었습니다. 남성 중심적인 일이 다분한 이 시대에 저는 영화 속 여성 주인공들의 야망에 깊은 감명을 받았고, 한국 여성 팬들은 서로 간의 연대를 만들었습니다. 우리는 당신이 reb9을 연기했더라면 더 좋았으리라고 생각합니다. 하지만 당신의 짧고 강렬한 연기도 인상적이었습니다. 저는 그 영화를 사랑한 나머지, 영화의 한 장면을 타투로 새겼습니다. 항

상 응원하며, 한국 방문도 기대할게요.

며칠 뒤 답장이 왔는데, 거기엔 믿을 수 없는 문장이 적혀 있었다.

—안녕하세요. 답장이 늦어져서 죄송합니다. 당신이 그 영화를 너무 좋아했다는 게 뿌듯합니다. 여성들이 중심에 서는 것은 멋진 일입니다. 제가 이 영화에 더 오래 출연했으면 좋았겠지만, 너무도 값진 경험이었습니다. 당신의 타투도 정말 놀라워요! 저는 이 사진을 휴대폰에 저장했고 매켄지에게 전송했습니다. 매켄지는 이것을 좋아했어요! 팀 감독님한테도 보냈는데 감독님도 분명 좋아할 것입니다.

휴대폰 화면에 핀 조명이라도 내리꽂힌 것처럼 내 눈에는 단 한 문장만이 선명하게 보였다.
'Mackenzie LOVED this!'
매켄지 럽 디스? 잠깐만. 매켄지가 내 타투를 봤다고? 심지어 좋아했다고? LOVED를 대문자로 강조할 만큼?! 미친 미친 미친!!!
극도로 흥분한 나머지, 그녀에게 매켄지가 언

제 답변을 준 건지, 어떤 식으로 반응을 한 건지, 구체적으로 뭐라고 답을 했는지, 이를테면 like인지, love인지, wonderful인지, beautiful인지, amazing인지, badass(그녀는 나에게 이 표현을 썼다)인지 구구절절 질문을 쏟아놓고 싶었으나… 하고 싶은 말이 너무 많으면, 덕심이 뻐렁치면 오히려 아무런 말도 하지 못하게 된다는 걸 깨달았다. 덜덜 떨리는 손으로 내가 건넬 수 있는 말은 단지 이뿐이었다.

─……thank you :-)

사는 게 무의미하다고 느껴지거나 지루하다는 생각이 들 때면 그녀와의 대화창을 열어서 나에게 벌어졌던 믿어지지 않는 에피소드를 되새겨본다. 그리고 스크롤을 위로 올려 말풍선 속 유독 눈에 띄는 한 문장을 천천히 곱씹어본다. 매켄지, 럽, 디스…. 그러다 보면 언젠가 또다시 이토록 영화 같은 사건이 선물처럼 찾아올 거란 확신이 생긴다. 타투를 새길 때까지만 해도 나에게 이런 일이 일어나리라곤 상상조차 하지 못했던 것처럼, 방심한 순간에 느닷없이.

매켄지는 내 타투를 기억하고 있을까? 그렇지

않다고 해도 상관없다. 그녀가 내 타투를 봐주었다는 사실만으로도 온 세상을 다 가진 것처럼 행복하니까. 매켄지에게 당신을 이만큼이나 사랑하는 누군가가 있다는 것을 간접적으로나마 전할 수 있었음에 감사한다. 그것만으로도 나는 충분히 성공한 덕후다.

생각보다 안 아파요!

아플까 봐 타투를 못 하겠다는 사람들에게 항상 이렇게 말해왔다.

"생각보다 안 아파요!"

정말이다. 생각보다 안 아프다. 내 기준으로는 귀에 피어싱을 할 때보다 타투가 덜 아프다. 몇 달 전 아웃컨츠 부위에 피어싱을 한 날, 나는 대바늘이 지나가 뜨겁게 열이 오른 귀를 거울로 들여다보면서 피어싱 따위 두 번 다신 하지 않겠다고 씩씩대며 굴썰었다. 그런데 약 10년간 타투를 하면서 아프다는 이유로 더는 타투 못 하겠다고 생각한 적은 한 번도 없었다.

물론 부위마다 차이가 있고, 같은 부위여도 사람마다 고통을 느끼는 정도는 다르다. 당연하다. 통점의 분포도나 고통을 참을 수 있는 한계치는 저마다 다를 테니. 또한 타투할 때 몸의 컨디션에 따라서도 차이가 크다. 타투이스트들이 '작업 전날에 술 마시지 말아라' '너무 무리하지 말아라' '잠을 충분히 자고 와라' 누누이 강조하는 이유는 컨디션이 좋아야 피부가 잉크를 잘 머금어 결과물이 깔끔하게 나오기 때문이기도 하지만, 몸이 피곤할수록 같은 자극이라도 더 아프게 느껴지기 때문이다.

나 역시 처음 타투를 하기 전엔 얼마나 아플지가 가장 큰 걱정이었다. 피 뽑을 때도 초면인 간호사 앞에서 주삿바늘을 제발 안 아프게 꽂아달라며 찡찡대고, 치과 진료 전에는 통증의 정도를 1부터 10까지로 나누었을 때 어느 정도인지 알려달라며 호들갑을 떨고, 피어싱을 할 때는 친구의 손이 새하얘질 정도로 꽉 붙잡아야만 하는 쫄보이기 때문이다. 그나마 첫 타투는 친구들과 함께 했기에 용기를 낼 수 있었던 거지, 만약 혼자였다면 엄두도 못 냈을 것이다. 그래서 사람들이 내게 타투의 고통에 관해 질문하는 마음이 이해가 간다. 아플까 봐 못 하겠다는 마음도 충분히 공감한다.

　하지만 누군가가 타투를 망설이는 이유가 단지 통증에 대한 걱정 때문이라면 당장 그의 앞으로 달려가 두 손을 꼭 잡고, 눈을 맞추며 이렇게 말해주고 싶다.

　"저 같은 쫄보도 스무 개나 했는데요!"

　내 몸에 타투가 새겨진 부위는 다양하다. 통증이 덜한 부위부터 나열해보자면 이렇다. 허벅지, 종아리 옆면, 정강이 아래, 위팔 바깥쪽, 아래팔 안쪽, 손목 안쪽, 쇄골, 가슴팍, 위팔 안쪽, 갈비뼈 위. 대개

지방보다 근육이 많은 부위가 덜 아프고, 피부가 얇거나 뼈에 가까운 부위일수록 통증이 심해진다. 전체적으로 봤을 땐 살이 연한 부위가 많은 상체보다는 굵직한 근육이 발달된 하체가 덜 아팠던 것 같다.

타투는 피부를 바늘로 직접 찔러 잉크를 주입하는 작업이기에 통증은 불가피하지만, 한 가지 단언할 수 있는 사실은 어떤 부위는 타투를 받는 내내 숙면을 취할 수 있을 정도로 덜 아프다는 것이다. 위팔 바깥쪽과 종아리 옆면, 허벅지가 그랬다. 오른팔 바깥쪽에 그리핀도르 검 타투를 새길 때는 나의 코골이 소리에 내가 화들짝 놀라 깼을 만큼 깊이 잠들어버렸다. 타투를 다 새겨갈 때쯤, 타투이스트는 나를 보고 미소 지으며 말했다.

"안녕히 주무셨어요?"

또, 종아리 옆면에 송태섭 타투를 새길 때는 타투이스트와 〈슬램덩크〉 속 캐릭터들의 이야기를 나누느라 타투하고 있다는 사실조차 새까맣게 잊었을 정도였다. 통증은 느껴지지 않았다. 허벅지에 체스 퀸 타투를 새길 때도 베드 위에 앉아서 꾸벅 졸았던 기억이 난다.

물론 기억에 생생히 남을 정도로 아픈 부위도

있다. 달리 타투를 새긴 흉곽 하부, 다시 말해 갈비뼈 쪽이었다. 그동안의 통증들과는 차원이 달랐다. 작업 중간중간 식은땀과 현기증이 났고, 바늘이 배의 중앙 쪽으로 들어올 때는 마음속으로 이렇게 외칠 수밖에 없었다.

'신이시여, 차라리 잠시 죽었다가 깨어나게 해주소서!'

심호흡하며 명상이라도 해야 할 지경이었지만, 숨을 크게 쉬면 흉곽이 오르락내리락해서 작업에 지장을 주었기에 최소한으로 딱 필요한 만큼만 작게 숨을 쉬어야 했다. 그날 S 언니와 무슨 대화를 나누었는지 기억조차 나지 않는다. 술을 진탕 마셔 필름이 뚝 끊긴 것처럼.

갈비뼈 위나 발등, 손가락처럼 피부가 얇은 부위가 아니라면 대부분의 통증은 확실히 견딜 만하다. 재빠르게 움직이는 전동바늘의 속도만큼 금방 적응이 된다.

부위를 떠나서 타투 장르나 기법에 따라서도 통증의 정도가 제각각이다. 작고 단순한 타투일수록, 선이 얇은 타투일수록 통증도 약해진다. 타투가 하고 싶은데 아플까 봐 걱정된다던 후배에게 나는 이렇게 답했다.

"너무 무서우면 작업이 금방 끝나는 미니 타투나 레터링 타투부터 해봐. 컬러타투가 좀 더 아프니까 처음에는 블랙으로 하는 것도 나쁘지 않아."

바늘 때문에 아픈 것보다도 같은 자세를 오랜 시간 유지하는 일이 더 힘들다. 그래서 이제는 타투 받을 때 자세가 힘들 것 같은 부위는 왠지 꺼려진다. 위팔 바깥쪽에 타투를 새길 땐 장시간 엎드린 채 얼굴이 짓눌리는 바람에 일주일이 넘도록 턱이 아팠고, 갈비뼈에 타투를 새길 때는 누워서 팔을 위로 올리고 있어야 해서 팔 전체에 쥐가 났다.

"괜찮아? 많이 아프지?"

"하하. 그보다 지금 팔에 아무 감각이 없는데. 하하하하."

어쨌든 비슷한 강도의 통증이 일정하게 유지되다 보면 점점 무뎌진다는 것을 알기에, 이제는 타투를 하기 전에 얼마나 아플지에 대해서는 거의 신경 쓰지 않는다.

만약 고통 없이도 타투를 새길 수 있었다면 타투를 한 사람들이 지금보다 많았을까? 좀 더 쉽게 접근할 수 있었을까? 아마 그랬을 것 같긴 하다. 누누이 강조하긴 했지만 이 지면을 빌려, 아플까 봐 무서워서 타투를 못 하겠다는 사람들에게 마지막으로 한 번 더 말해주고 싶다. 더 많은 타투인을 양성하기 위한 나의 캐치프레이즈.

"타투, 생각보다 안 아파요!"

선타투 후뚜맞

'선타투 후뚜맞'이란 '먼저 타투를 하고 나중에 뚜드려 맞자'라는 의미로, 부모와의 갈등을 각오하고서라도 타투를 새기겠다는 타투인들의 의지가 담긴 은어다. 어쩌면 각오라기보다 체념에 가까울지도 모르겠다.

몰래 새긴 타투를 부모에게 들키는 게 나에겐 웬만한 공포영화보다 더 무서운 일이다.

"너 팔에 그거 뭐니?"

싸늘하디싸늘한 한마디. 살면서 이보다 섬뜩한 말을 들어본 적이 없다.

그 뒤에 펼쳐질 일은 불 보듯 뻔하다. 엄마, 아빠의 기분은 엉망이 되고, 집안 분위기는 진창이 된다. 우리 가족은 이미 여러 차례 내 타투로 인해 충돌을 빚었다.

나의 타투는 두세 개를 제외하곤 모두 잘 드러나지 않는 곳에 숨겨져 있는데, 어떻게든 타투를 더 새기고 싶은 마음과 부모와의 갈등만큼은 피하고 싶은 마음이 부딪힌 끝에 찾아낸, 나름의 타투 생존 방식이었다. 내 타투들은 대부분 7부 소매 길이의 큼지막한 티셔츠의 보호를 받는다. 기온이 40도 가까이 올라가는 한여름에도 헐렁한 7부 소매 티셔츠

만을 고수하는 이유다.

집에서도 결코 방심할 수 없다. 양팔을 쭉 뻗어 기지개를 켜거나 소매가 걷혀 올라가는 편안한 자세를 취하다가 타투가 제 모습을 빼꼼 드러내기라도 하면… 당장 쫓겨날지도 모른다. 언제까지 이런 식으로 타투를 숨기며 살아가야 할까.

갈등의 원인 제공자는 나니까 후폭풍 감당도 내 몫이라는 것쯤은 잘 알고 있다. 그러나 타인의 감정을 쉽게 흡수하는 나는 부모의 실망과 분노를 감당하기가 어렵다.

"어떤 한심한 애들이 지 몸에 낙서하나 했는데 그게 너일 줄은 몰랐다."

"어렸을 땐 말도 잘 듣고 알아서 잘하더니 왜 크면 클수록 자꾸 엇나가려고 하는 거냐?"

"지금 너 쥐어패고 싶은 거 참는 거야. 이렇게 참는 것도 마지막이다."

가장 최근에 타투를 들킨 날, 난생처음 들었던 폭언은 내게 깊은 상처를 남겼다. 내상은 오랜 세월이 흘러도 지워지지 않는 타투처럼 마음속에 새겨져 이따금 나를 괴롭힌다.

혼나는 건 둘째 치더라도 나 때문에 엄마, 아빠

가 서로를 탓하며 언성 높여 싸우는 건 도무지 견딜 수가 없다. 싸움 소리를 듣다 보면 새 타투를 새겨 극에 달했던 행복은 삽시간에 몰살되고, 폐허 같은 마음만이 덩그러니 남는다. 그때 내가 할 수 있는 일이라곤 사방이 암흑인 방 안에 가만히 웅크리고 앉아 타투가 새겨진 내 살을 칼로 도려내는 상상만을 반복하는 것뿐이다. 인정하고 싶지 않지만 내가 타투를 새기면 온 가족이 각기 다른 상처를 받았다.

나의 부모 역시 전형적인 기성세대라는 것쯤은 잘 알고 있다. 그러나 타투로 인해 부딪힐 때마다 왜 그렇게까지 나의 타투를 싫어하고 반대하는지 이해할 수가 없다. 왜냐하면 하고 싶은 걸 하면서 살아가야 한다는 가르침 아래 나는 실제로도 그렇게 자라왔고, 부모님은 내가 무엇을 한다 해도 열심히 잘해보라고 열렬히 지지해주었기 때문이다. 그런데 왜 하필 내가 사랑해 마지않는 타투만은 그토록 못마땅해할까.

어느 다큐멘터리에서, 부모로서 자식의 타투를 반대한다는 한 중년 남성의 인터뷰를 본 적이 있다. 누군가가 자식의 몸에 새겨진 타투를 보고 '쟤

는 생각 없이 막 사는 애'라고 욕할까 봐 반대한다
고 했다. 아마 많은 부모가 같은 이유로 자식의 타
투를 반대하는지도 모르겠다.

　　그런데 그들이 한 가지 간과한 사실이 있다.
어차피 우리 모두는 서로의 속내가 어떤지 알고 싶
어도 결코 알 수 없다는 것. 아무리 가까운 가족이
어도 서로를 이해하지 못해 그리도 지지고 볶으면
서, 타인이 어떤 생각을 할지, 나를 뭐라고 판단할
지 걱정하느라 애쓰는 건 소모적인 일이 아닌가. 더
군다나 사람들은 생각보다 타인에게 별 관심이 없
다. 서로가 서로에게 그저 스치고 지나가는 풍경에
지나지 않을 뿐. 그러므로 남의 시선 같은 건 타투
를 하는 데 전혀 문젯거리가 아니다. 타투가 보이면
안 되는 엄숙한 자리에선 알아서 잘 가리면 된다.

　　아무리 깊이 생각해보려 노력해도 나는 앞으
로도 누군가의 부모가 될 마음이 전혀 없어서, 또
한 나는 나로만 존재할 뿐이어서 부모의 마음을 영
영 다 헤아릴 순 없을 것이다. 그렇지만 자식이 고
유한 한 인간으로서 잘 살아가길 바란다면 삶을 통
제하려 애쓰기보다 자녀에게 전적으로 맡겨야 한다
고 생각한다. 한국의 부모들은 자녀의 신체를 통제
함으로써 자신의 권위를 재확인하려 한다. 이는 명

백히 자녀 개인의 고유성을 훼손하는 행위다.

특히나 "한국은 자녀에 대한 부모의 친권이 지나치게 강한 나라*"인데 여기서 친권이란 "부모가 자녀를 보호하고 가르칠 '의무'지 자녀에 대한 처분 '권리'가 아니다**". 출산이란 완벽하게 부모의 욕심만으로 이루어지는 일이기에 자식은 자신의 탄생을 스스로 정할 수도 없고, 선천적인 신체 특징 역시 마음대로 바꾸거나 조정할 수도 없다. 그렇지만 자신의 신체를 원하는 대로 가꾸어나갈 자유만큼은 누구에게나 동등하게 주어지는 것 아닌가. 그리고 부모의 가장 중요한 역할은 자식의 신체적 자유를 박탈하는 것이 아니라 그 권리를 지켜주는 것이다.

솔직히 말하자면 타투에 관해서조차 마이크를 양보하지 않는 어른들이 지긋지긋하다. 사람이라면 누구나 남의 이야기를 듣기보다 자신이 더 많이 말하고 싶은 법이지만, 대화를 나누는 두 사람의 관계가 수평적이지 않다면 좀 더 많은 권력을 가진 쪽이 발언의 기회를 양보하는 게 옳다고 생각한다. 특히

---

* 김희경, 『이상한 정상가족』, 동아시아, 2017.

** 같은 책.

우리나라처럼 '나이'가 또 하나의 권력이 되는 곳에서는 더더욱 윗세대가 아랫세대에 발언권을 넘겨주어야 한다.

그런데 내가 성인이 된 지도 벌써 10년이 지났고, 그간 수많은 기성세대를 겪었는데도 타투를 긍정적으로 바라보거나 하다못해 이야기를 들어주기라도 하는 이들을 만난 적이 정말 다섯 손가락 안에 꼽는다. 타투에 열려 있는 '어른'은 거의 없었다.

왜 쟤는 저런 타투를 했을까, 왜 쟤는 몸에 그림을 그릴까. 이해되지 않는다면 이해하지 않아도 된다. 어차피 타투는 누군가에게 나를 설명하고자 새기는 명함이 아니다. 그 누군가가 부모라 할지라도. 아무리 노력해도 이해할 수 없을 때는 억지로 이해하려 애쓰기보다는 다름을 인정하는 편이 낫다. 그것이 서로를 위한 최선의 방식이며, 사람들은 그것을 존중이라 부른다.

모든 인간관계에는 적당한 거리가 필요하듯 가족끼리도 마찬가지다. 가족은 따로 살아야 사이가 좋아진다는 말이 있듯이 애써 거리를 두어야 한다. 애당초 가족이란 어떤 관계보다도 유착되어 있어서 그 거리를 벌리려면 두 배의 노력이 필요하겠지만, 그렇게 서로에게서 한 걸음 물러날 때에야 비로소 더 가까워질 수 있다.

부모가 자식에게 진정으로 바라는 건 건강하게, 하고 싶은 일을 하면서 행복하게 살아가는 모습이 아닐까? 그것이야말로 최고의 효도라고 나는 믿는다. 그렇다면 나는 효도 퀘스트를 이미 완수한 것이나 다름없다. 비록 제 몸에 상처를 입혀가며 타투를 새기는 딸이지만, 잔병치레나 큰 사고 없이 건강하게 잘 자라준 딸이기도 하니까. 비록 하지 말라는 타투를 자꾸만 해대서 속을 썩이는 딸이지만, 자신이 하고 싶은 일을 명확히 알고 원하는 바를 이루려 노력하는 딸이기도 하니까. 비록 타투 그만하겠다는 약속을 산산조각 낸 딸이지만, 그 조각을 이어붙여 기어코 자신의 꿈을 빚어낸 딸이기도 하니까.

부모들이 자식의 타투를 무작정 반대하기보다는, 돌이킬 수 없는 일이라는 걸 충분히 인지하고 숙고해서 내린 결정임을 믿어주면 좋겠다. 부모의 반대를 무릅쓰고 타투를 새기는 건 부모에 대한 반항이 아닌 주체성의 발현이라는 걸 알아주면 좋겠다. 어떤 의미를 담아 새긴 타투인지 물어봐주고,

열린 마음으로 대화를 나누면 좋겠다. 그러다 보면 좀처럼 이해할 수 없었던 그들의 세계를 조금이나마 알게 될지도 모를 테니.

언니가 나의 자매라서 다행이야

가부장제가 공고히 자리하고 있는 대한민국에서 대물림을 받을 오빠나 남동생 대신, 언니가 있는 여동생으로 살아갈 수 있다는 건 신이 내린 축복과도 같다. 내가 부모보다 더 의지하는 사람은 하나뿐인 나의 언니다.

그런데 아무래도 언니와 나를 빚어낸 신이 우리를 자매로 만들다 말고 잠깐 딴생각에 빠진 것 같다. 왜냐하면 우리는 오이를 싫어한다는 것 말고는 공통점이 단 하나도 없기 때문이다. 한배에서 태어나 같은 부모 밑에서 자랐다는 게 믿기지 않을 정도로 닮은 구석을 찾기가 어렵다.

외모만 봐도 그렇다. 언니는 아빠 판박이고, 나는 엄마를 쏙 빼닮았다. 언니는 얇은 속쌍꺼풀, 나는 짙은 쌍꺼풀이 있고, 언니는 피부가 희고 붉은 반면 나는 까무잡잡하고 누렇다. 생김새만큼 성격도 아주 딴판인데 언니는 완벽한 NT 유형, 나는 SF 유형이다. 만약 우리에게 어디로든 떠날 수 있는 항공권이 주어진다면 언니는 눈부신 풍광이 펼쳐지는 휴양지로, 나는 이색적이고 번잡한 도시로 떠날 것이다. 우리는 즐겨 하는 운동마저 다르다. 언니는 필라테스가 좋아서 8년째 필라테스 강사 일을 하고 있고, 나는 6년째 요가원에 다니고 있다. 음식, 패

션, 영화, 음악, 여행, 향수, 이상형, 색깔, 그 어떤 분야의 취향 테스트를 들이민대도 우리는 완벽하게 다 다른 선택지를 고를 자신이 있다.

나는 우리가 같은 교실에서 만난 사이가 아니라 한 지붕 아래에서 태어난 인연임을 감사히 여겼다. 모든 것이 정반대임에도 가족이기에 막역하게 지낼 수 있었기 때문이다. 성장기의 나에겐 나랑 이렇게까지 다른 인간이 자매라는 사실이 제법 흥미로워서, 일주일에 두세 번씩 언니의 방에 눌러앉아 언니를 탐구하며 새벽까지 긴긴 수다를 떨어댔다.

그리도 다른 우리가 후천적으로 갖게 된 공통점이 있다. 타투를 사랑하며, 여러 개의 타투를 새겼다는 것이다. 물론 우리는 모든 방면에서 그렇듯 타투 취향도 극명하게 갈린다. 언니는 지금까지 새긴 타투의 대부분이 레터링 타투인 반면, 나는 레터링 타투가 하나도 없다. 언니는 타투에 의미를 부여하지 않지만 내 모든 타투에는 각기 다른 의미가 있다. 언니는 열 개의 타투를 한 명의 타투이스트에게 받았다는데, 나는 열 명의 타투이스트들에게 하나 혹은 여러 개의 타투를 받았다.

물론 타투는 남이 아닌 자신의 몸에 새기는 일인 만큼 서로의 취향이 어떻든 상관은 없다. 이미 우리는 타투인으로서 서로의 취향을 존중하는 법을 익히 알고 있다. 하나뿐인 나의 자매가 타투인이라는 건 더할 나위 없는 행운이다.

어느 금요일 저녁. 경인 고속도로에는 피로로 충혈된 직장인들의 눈처럼 새빨간 자동차 후미등 불빛이 끝없이 이어지고 있었다. 지루하기 짝이 없는 이 상황이 나는 왠지 데자뷔처럼 느껴졌다. 눈앞에 펼쳐진 답답한 풍경이, 보이지 않는 곳에만 타투를 새겨야 했던 내 마음과 비슷하게 느껴졌기 때문이리라. 자유로울 수만은 없는 상황에 언제나 속이 얹힌 듯 갑갑했다. 대체 어떻게 해야 타투를 새기고도 부모님 앞에서 속 시원히 드러낼 수 있을까 골몰하던 중, 한 사람의 얼굴이 반짝 떠올랐다. 하얗고, 붉고, 마르고, 아빠를 닮은 여자. 언니였다.

훤히 보이는 곳에 타투를 하고도 언니와 함께라면 덜 혼날 것 같았기 때문만은 아니었다. 남이라해도 믿을 만큼 여러모로 다른 우리니까, 자매라는 표식을 하나쯤 새겨두면 재미있지 않을까 싶은 생각이 더 컸다. 우리는 연인처럼 헤어질 일도 없고, 서로 잘 맞지 않는다고 해서 손절할 리도 없지 않은가. 그렇게 맘 편히 타투를 함께 할 수 있다는 점도 좋았다. 그런데 언니에게 우정 타투를 제안하려니 수줍고 낯간지러웠다. 함께 타투를 새기고 싶을 만큼 당신을 많이 아끼고 믿으며, 그만큼 당신이 내게 특별한 사람이라는 것을 대놓고 고백하는 일이니까. 결국 괜한 이모티콘까지 덧붙여 메시지를 보냈다.

　─언니 나랑 우정 타투 할래? -_-*

　우리 역시 마냥 사이가 좋기만 했던 것은 아니다. 불과 몇 년 전까지만 해도 서로가 서로의 스트레스 원인이었다. 사이좋게 보낸 학창 시절과 달리 성인이 된 후 언니와 나는 신념과 가치관이 점점 뚜렷해진 탓에 자주 삐걱거렸다. 별거 아닌 트집으로 시작된 싸움은 타격이 컸다.

　시비를 거는 건 주로 내 쪽이었다. 나와 추구하는 바가 다른 언니가 도저히 이해되지 않았기 때문이다. 나는 여성으로서 불의가 넘쳐나는 사회에 불만이 많았고, 언니는 내가 너무 부정적이라며 그런 이야기를 듣고 싶지 않다 말했다. 나는 범죄를 저지른 남자 연예인이 TV에 나오는 게 못마땅했고, 언니는 내가 그들을 비판하면 불편해했다. 나는 같은 여성으로서 언니가 내 말에 공감해주기를 바랐고, 언니는 내가 타인의 의견도 수용할 줄 알기를 바랐다. 언니는 내가 편협하다고 생각했고, 나는 언니가 걱정이랍시고 하는 말들이 우습게 들렸다.

서로를 이해하는 데는 많은 노력과 인내의 시간이 필요했지만 우리는 끝까지 서로를 포기하지 않았다. 힘겨운 대화로 상처를 받을지언정 결국에는 합의점을 찾아냈다. 반복되는 싸움에 지칠 때도, 서로가 꼴 보기 싫어질 때도 있었지만 진심 어린 이해와 화해의 과정을 거치고 나면 서로에게 좀 더 너그러워질 수 있었다. 그렇게 우여곡절을 겪으며 삼십대에 접어든 우리는 드디어 안정기를 맞이했다. 어쩌면 그 많았던 싸움이 우리 우애의 비결인지도 모른다.

―오, 좋은데? 어디에 하지? 도안은 어떤 걸로 할지 생각해보자.

언니는 우정 타투 제안을 단번에 수락했다. 남은 문제는 우리 둘 모두의 취향을 만족시킬 도안을 찾는 일이었는데, 서로가 다르다는 걸 충분히 인지하고 있었음에도 쉽지 않았다. 서로에게 상처가 되지 않도록 상대방이 가져온 도안을 두고 싫다든지 이상하다는 식으로 직접적으로 말하지 않고 '좀 더 찾아보자' 하며 돌려서 거절했다. 도안을 찾는 데만

수개월이 걸렸지만 민주적인 절차를 따른 덕에 평화롭게 도안이 결정되었다.

도안을 같이 정했다기보다는 내가 원하는 방향으로 언니가 맞춰주었다는 걸 나는 충분히 인지하고 있었다. 우리가 선택한 도안은 동그란 형태의 뫼비우스의 띠 그림에, 언니가 가장 좋아하는 색인 빨간색과 내 최애 색인 노란색을 섞어 넣은 컬러타투였다. 타투는 한번 새기면 지워지지 않기에 취향을 양보하기가 쉽지 않았을 텐데, 내가 고른 도안을 흔쾌히 받아들여준 언니가 고마웠다.

그 도안을 그린 이는 핸드포크(handpoke) 전문 타투이스트였다. 핸드포크는 전동 타투머신이 개발되기 전인 아주 먼 옛날부터 이어져 내려온 전통적인 타투 방식인데, 모터의 힘을 빌려 전동머신으로 드르륵드르륵 그리듯이 새기는 일반적인 타투 기법과는 달리, 한땀 한땀 손으로 직접 살을 찔러가며 새기는 수작업 방식이기 때문에 더 까다롭고, 더 아프며, 더 오래 걸린다. 하지만 크레파스로 칠한 듯 투박하면서도 자연스럽고 빈티지한 감성을 담아내기에, 단순 유행을 넘어 스테디로 자리 잡은 지제법 오래되었다. 한 번쯤은 핸드포크를 받아보고 싫었던 차였다. 그게 언니와 함께 하는 우정 타투라면 더 특별한 타투가 될 것 같았다.

전동머신이 바늘로 피부를 긁는 느낌이라면 핸드포크는 피부를 아주 세게 쿡쿡쿡쿡 찔러대는 느낌이었다. 꽃샘추위가 닥친 날이었는데도 내 이마에는 식은땀이 송골송골 맺혔다. 몇 해 전, 눈물을 뚝뚝 흘리며 언니와 힘겹게 메시지를 주고받았던 그날 밤처럼.

진지하게 죽음을 고민했던 밤이 있었다. 생각을 넘어 실행해야겠다고 마음먹었을 때, 언니에게 메시지로 그 사실을 겨우 털어놓았다. 언니는 많이 당황한 듯 보였지만 애써 침착하며 메시지를 보냈다.

―네가 살아온 지난날들 중에도 힘든 시간들이 분명 있었어. 어쩌면 지금보다 더 힘들었던 시기도 있었을 테고. 근데 그걸 다 겪어냈지. 견뎌냈고. 더 많은 걸 이뤄냈어, 넌. 아침 일찍 산에 올라 수많은 집과 건물을 멀리서 바라보듯 지금 너의 상황을 그냥 사실만 놓고 바라보면 좋겠어. 다른 생각은 하지 말고. 왜냐하면 지금 너는 마음이 너무 힘들잖아. 이 순간을 견뎌내고 나면 또다시 좋은 순간들

과 행복하고 감사한 순간들이 찾아올 거야. 그러니까 얼른 푹 자.

　내가 언니의 메시지들을 보며 엉엉 우느라 답하지 못하면 언니는 계속해서 답장을 재촉했다. 그날 언니가 다급하게 보낸 수십 개의 메시지를 하나하나 읽으며, 언니가 내 생각보다 훨씬 더 나의 죽음을 두려워하고 있다는 걸 느꼈다. 그렇게 나보다 더 나를 아끼고 사랑하는 사람들이 존재한다는 걸, 그런 사람이 곁에 있다는 것만으로도 나는 결코 생을 포기해선 안 된다는 걸 절실히 깨달았다. 그러니까 제발 잘 살아보자고, 그렇게 생각을 고쳐먹은 뒤로는 아무리 힘든 일이 있어도 어떻게 죽는 게 가장 수월할지 따위의 생각은 하지 않는다.

　작업이 끝나 마침내 언니와 팔을 맞대고 타투 사진을 찍는 순간, 나와는 다른 언니가 이해되지 않고 미웠던 날들은 모두 지워지고, 그저 고마웠던 기억들만 타투 위에 고스란히 남은 듯했다. 어쩐지 좀 마음이 뭉클해지는 기분이 들어 애써 우스갯소리를 하며 눈물을 꾹 참았다.

　언니는 혼날까 봐 쩔쩔매는 나를 괜찮다는 말

로 다독여주면서 부모님에게 우리가 자매 타투를 했다는 사실을 알렸다. 언니는 언제나 그랬다. 나를 자신의 등 뒤로 숨기고 온갖 가시덤불을 먼저 헤쳐 나간다. 나는 그저 마음 놓고 언니의 뒤를 따라가기만 하면 되었다.

언니가 내게 건네준 여러 방식의 위로와 응원의 메시지들, 우리가 언제나 연결되어 있다는 감각들. 언니와의 우정 타투는 그런 걸 떠올리게 한다. 고작 100원 동전만 한 작은 타투이지만 그걸로 내가 얻는 에너지의 크기는 가늠할 수 없다. 단지 몸에 새긴 것뿐인데 유대감이 형성된다는 점에서 타투는 영적인 속성을 지닌 것도 같다.

언니와 나는 더 이상 싸우지 않는다. 잠시 서로 등을 돌린대도 앞으로 나아가다 보면 결국엔 다시 만나리라는 것을 안다. 우리는 뫼비우스의 띠처럼 꼬여 있는 듯해도 하나로 연결된, 결코 서로를 놓을 수 없는 자매이니까. 언니는 내가 스스로를 별 것 아닌 취급 할 때도 나를 자랑스레 여기고 내가 결국 해내리란 것을 알려준 사람이니까. 언니는 온 세상이 나에게 등을 돌린대도 내 편을 들어줄 든든한 사람이니까.

나중에 후회하면 어쩌려고 그래?

지인들은 이따금 내게 말한다.

"나 타투하고 싶은 게 생겼어."

그 말을 들으면 나는 시골집 마당 구석에 종일 엎드려 있다가 누군가가 다가오는 모습을 보고 벌떡 일어나 대차게 꼬리를 흔드는 똥개가 된다. 드디어 타투 동지가 한 명 더 생기는 것인가! 이제 이 사람과도 타투의 기쁨과 슬픔을 공유할 수 있는 것인가! 타투에 관해서 이것저것 물어온다면 모든 정보력을 총동원하여 A부터 Z까지 세세히 알려줘야겠다는 마음의 준비를 마치고, 비장한 눈빛으로 다음 말을 기다린다.

그러나 십중팔구는 이런 말이 뒤따라온다.

"그런데 나중에 후회할까 봐 못 하겠어."

열심히 궁둥이를 흔들어재끼던 똥개는 다시 꼬리가 축 처지고, 이내 바닥에 납작 엎드려 눈물을 삼키는 새드 똥개가 되고야 만다. 아직 함께 놀자는 제스처를 보내지도 않았는데 이렇게 허무하게 떠나버리다니, 나쁜 사람. 후회할까 봐 못 하겠다는 말 앞에서 나는 어쩔 도리가 없다.

타투하고 싶다며 스스로 도안까지 찾아와 보여주는 사람들을 설득해보지 않은 건 아니다. 나는 도안을 찜해놓을 정도로 타투에 관심이 있는 사람에겐 '당신에게 이 타투가 얼마나 찰떡인지'에 초점을 맞추어 주접을 떨어댐으로써 용기를 북돋아주는 전략을 택한다. 그럼에도 그들은 끝끝내 안 되겠다는 말로 이야기를 마무리 지었다.

그러니까 내 경험상 '타투하고 싶다'라는 말은 '퇴사하고 싶다' 혹은 '헤어지고 싶다'라는 말과 비슷하다. 그러고는 싶지만, 실제로 그러지는 않겠다는 말.

타투는 한번 새기면 영원히 지울 수 없기에 그 누구보다 본인의 의지와 선택이 중요하며 그만큼 신중히 결정해야 한다. 물론 타투를 지우는 시술이 있지만 타투를 하는 것보다 비용도 많이 들고 훨씬 더 아픈 데다가 여러 차례 시술을 받아야만 겨우 흐려지는 정도라고 한다. 완벽하게 지우려면 그만큼 많은 시간과 돈을 투자해야 하니, 언젠가 마음에 안 들게 되면 지우면 된다는 가벼운 마음으로 타투를 하기보다는 후회될 것 같으면 아예 하지 않는 편이 백배 천배 낫다.

사람의 생각과 가치관은 바뀌기 마련이라서, 언젠가 나도 내 타투를 후회하게 될 수도 있다는 것을 늘 염두에 두고 새 타투를 한다. 그렇게 후회의 가능성조차도 기꺼이 받아들여야만 후회 없이 살아갈 수 있고, 만에 하나 그런 감정이 밀려오더라도 그 무게에 짓눌리지 않을 수 있다.

나 역시 첫 타투를 하기 전의 가장 큰 걸림돌은 타투를 한 번도 해본 적 없는 사람들이 흔히 하는 걱정이었다.

'나중에 후회하진 않겠지?'

기나긴 고민 끝에 친구들과 함께 새긴 첫 타투와 처음 마주했던 순간이 생생히 떠오른다. 나는 기쁘다거나 신기하다기보다도 돌이킬 수 없는 강을 건넜다는, 설렘과 두려움이 공존하는 오묘한 기분에 사로잡혀 있었다. 하지만 손목에 새겨진 타투를 바라보면서 마냥 행복해하는 친구들의 얼굴을 보자, 금세 생각이 달라졌다.

'지금 우리가 이렇게 행복한데 후회할까 봐 걱정할 필요가 있을까?'

그렇게 미래가 아닌 현재로 초점을 돌리고 나니, 타투를 새김으로써 우리가 한층 더 깊은 관계가 되었다는 깨달음과 나 자신이 더욱 특별해졌다는 사실만이 보였다. 그제야 나는 손목에 새겨진 타투를 만끽할 수 있었다.

그날 이후로 지금까지 매년 새로운 타투가 하나씩 제 자리를 찾아 나의 몸에 입주하고 있다. 괜히 타투했다고 후회할까 봐 걱정하기보다는, 어차피 할 타투였는데 진작 새길 걸 그랬다고 후회할까 봐, 반드시 새기고 싶은 타투가 나타나면 망설임 없이 추진해왔다.

그런데 그런 나를 걱정해주는 이들이 지나치게 많다.

"나중에 후회하면 어쩌려고 그래?"

이 말을 하는 이들은 하나같이 '너는 반드시 후회하게 될 거'라는 확신에 차 있어서 그들이 혹시 미래에서 온 건 아닐까 생각하기도 한다. 2052년쯤 내가 괜히 타투를 했다며 땅을 치고 후회하는 장면을 직접 보고 왔을까? 도대체 누가 그들에게 그런 확신을 심어준 건지 궁금하다.

솔직히 말하자면 나 역시 타투를 하고 후회한 적이 있다.

'어차피 부모님한테 걸릴 거였으면 좀 더 크게 할걸.'

'이건 조금만 더 위쪽에 할걸.'

'이건 크기를 조금만 더 작게 할걸.'

'리터치받을걸.'

그렇다. 이렇게 할걸, 저렇게 할걸, 하고 생각한 적은 있었어도 '하지 말걸' 하고 후회한 적은 없었다. 사실상 이런 후회들도 나에겐 별 타격이 없는, 거의 농담에 가까운 것들이다.

타투를 새겨보니 알게 되었다. 해가 지고, 심해 같은 새벽을 지나 거짓말처럼 아침이 찾아오고, 늘 똑같아 보이는 하루가 매일매일 우리에게 주어진대도 지나간 순간은 두 번 다시 돌아오지 않는다는 걸. 어떤 일이 있어도 타투를 새기기 전으로 시간을 돌릴 수 없다는 걸.

오지 않은 미래까지 걱정하며 타투를 할까 말까 그렇게 신중히 고민을 한다면, 사실은 지금 이 순간도 그렇게 보내야 하지 않을까? 우리는 돌이킬 수 없다는 이유로 타투는 신중에 신중을 더하지만, 지나간 시간을 되돌릴 수 없는데도 우리 앞에 무한한 시간이 주어진 것처럼 중요한 일을 나중으로 미룰 때가 많다. 나중에 밥 한번 먹자. 나중에 같이 가보자. 나중에 봐야지. 나중에 해야지…. 그렇게 하고 싶은 타투조차도 기약 없는 나중이라는 시간으로 미뤄버린다. 그러나 우리 자신에게 남은 시간의 총량이 얼마인지는 그 누구도 알지 못한다. 누군가의 갑작스러운 죽음을 경험해본 이들이라면, 죽음의 문턱에 발을 디뎌본 적 있다면, '나중'이라는 말이 얼마나 무책임하고 무의미한 말인지 잘 알 것이다.

이 세상에 존재할지조차 모르는 미래의 내 눈치를 살피느라 지금 살아 있는 내가 원하는 타투를 포기해야 하나? 나는 그렇게 살고 싶지 않다. 어쩌면 지금 타투하지 않은 것을 미래의 내가 후회하게 될지도 모를 일이다. 하고 싶은 일을 하기 위해 하기 싫은 일에 더 많은 시간을 쏟으며 살아가는 삶 가운데, 나중을 걱정하기보다는 지금 내가 원하는 방식으로 인생을 꾸려나가고 싶다.

자꾸만 '나중에 후회하면 어쩌려고 그러냐'고 묻는 사람에게 뭐라고 답해야 좋을까? 친구 J는 "네네~ 제가 제 돈 주고 후회를 사고 있네요~" 하고 대충 넘긴다고 한다. 실제로 이렇게 말하긴 어렵겠지만 속이라도 시원하자고 한번 적어본다.

"저는 과거도 미래도 아닌 현재를 살아가는 사람이기에 웬만해선 후회를 잘 하지 않습니다. 후회할 걱정조차도요. 그러니 타격도 없는 훈수는 그만두길 바랍니다. 설령 후회한다 해도 그건, 그쪽 인생이 아니라 제 인생일 테니까요."

떠난 이를 그리는 방식

누군가가 죽는다는 게 뭔지 잘 이해되지 않는다. 바로 어제까지만 해도 살아 있던 사람이 갑자기 없어진다니. 분명 내 기억 속에서는 얼마든 그 사람의 얼굴을 보고, 목소리를 듣고, 심지어는 만질 수도 있는데, 이제는 이 세상 어디를 가도 그럴 수 없다는 게 도대체 어떻게 가능한 일인지 모르겠다. 어안이 벙벙하다. 어쩌면 모두가 나를 속이는 게 아닐까. 가까운 누군가의 죽음은 항상 그렇게 말도 안 되는 일처럼 느껴진다. 어릴 적 키웠던 강아지의 죽음이 그러했고, 중학생 때 친구처럼 지냈던 국어 선생님의 죽음도 그랬다.

이 세상을 떠나버린 사람과 이야기를 나누고 싶으면, 그 사람이 죽을 만큼 보고 싶으면 어떻게 해야 할까? 사람은 죽은 뒤에 어디로 갈까? 만약 내게 종교가 있다면 천국이든 지옥이든 다음 생이든 어떤 말로라도 결론을 내릴 수 있었겠지. 하지만 나는 무신론자이고 지구과학도 생물학도 잘 알지 못해서 어떤 답도 믿을 수 없고, 그럴듯한 답을 내릴 수도 없다.

내게 있어 타인의 죽음이란 현실을 부정하게 만들 만큼 거대하고 막막한 슬픔이어서 나는 신이 단 한 가지 소원을 들어준다고 한다면 내 가족, 친구,

지인, 아니 그냥 내가 아는 모든 이보다 먼저 죽게 해 달라고 말할 것이다. 가족들에게 웃으며 이 이야기를 했더니 얘가 부모 앞에서 못 하는 말이 없다며 된통 혼이 났고, 친구들은 상상만 해도 슬프니까 그런 말 말라고 했지만, 나는 그럴 수만 있다면 정말로 제일 먼저 죽고 싶다. 이기적인 마음이긴 해도.

강아지와 선생님이 떠난 이후로도 갑작스러운 죽음과 그로 인해 고통받는 사람들을 주변에서 여러 차례 목격하며, 누군가의 죽음을 차라리 예견이라도 할 수 있었으면 좋겠다고 생각했다. 사랑하는 사람이 갑자기 세상을 떠나면 남은 이들이 감당해야 할 아픔이 너무 크지 않은가. 마지막이 언제인지 알게 된다면 어떻게든 마음의 준비라도 할 수 있지 않을까.

그리고 얼마 못 가 죽음을 예견하는 일조차 슬픔을 줄이는 데 그다지 소용이 없음을 알게 되었다. 외할머니가 췌장암 말기라는 소식을 전해 들은 순간이었다. 예견된 죽음과 갑작스러운 죽음은 단지 남겨진 이가 미리 슬퍼하느냐 나중에 아파하느냐의 차이일 뿐, 슬픔의 크기는 다르지 않다.

할머니가 암 진단을 받은 그날은 엄마의 생신 날이었다.

나는 할머니와의 이별을 상상하다 슬퍼졌고, 생일에 당신 어머니의 말기암 진단 소식을 들어야 했던 엄마의 심정을 생각하다가는 어떻게 삶이 그렇게 잔혹할 수 있는가 싶어 비통해졌다. 할머니가 편찮으신 지 오래되었기에 상황이 좋지 않을 것임을 어느 정도 예상하고는 있었지만, 막상 현실로 닥쳤을 때의 충격은 그야말로 엄청났다.

맞벌이로 바쁜 부모님을 대신해 어린 나를 돌봐준 우리 할머니. 함께한 추억이 많고 애정이 컸던 우리 할머니. 매일매일 내가 잘되게 해달라고 기도했던, 우리 가족에게 좋은 일이 생길 때마다 우리보다 더 기뻐했던 할머니였기에. 마음의 준비를 어떻게 해야 하는지 어디에서도 배운 적이 없어서 그 소식을 들은 후로 어린애처럼 길거리에서도, 버스에서도, 회사에서도 울기만 했다.

사람은 태어난 이상 언젠가 죽고, 그 언젠가가 언제가 될지는 아무도 모른다. 그건 누구나 아는 사실이지만, 진짜로 자기 자신 혹은 가까운 누군가가 곧 죽을 거라고는 생각하지 않으리라. 그렇기에 할머니와의 이별이 얼마 남지 않았다는 사실을 알게 된 후로 우리 가족은 슬픔을 애써 억누르고, 어떻게 하면 할머니가 마지막까지 행복할 수 있을지 서둘러 함께 고민하고, 그것을 실행에 옮기기 위해 최선을 다하려고 했다. 하지만 우리가 얼마큼 애를 쓰든 간에 예견된 죽음은 눈앞에 닥친 현실을 제멋대로 보여주고는 피도 눈물도 없이 시간을 몇 배로 빠르게 앞당겨버렸다. 일 년이 한 달처럼, 한 달이 하루처럼 쏜살같이 흘렀다. 당장 내일 할머니가 돌아가실까 봐 늘 불안했다.

할머니의 죽음이 나에게 얼마만큼의 영향을 미칠지 예측할 수 없어 날이 갈수록 두려움이 커졌다. 그러나 시간은 한정되어 있고, 언제까지고 절망하고 있을 수만은 없어서 언니와 시간 맞춰 강원도 정선으로 향했다. 왜 그동안 더 자주 찾아뵙지 못했을까, 그렇게 후회 섞인 이야기를 나누면서. 그날은 장대비가 하염없이 퍼부었다.

할머니는 평소처럼 우리를 반겨주셨지만 깨어 있는 시간보다 잠든 시간이 더 길었다. 비가 점점 잦아들면서 집 안에는 적막함이 맴돌았다. 우리는 가만히 할머니를 지켜보다가 조용히 밖으로 나와 할머니 댁 아래에 있는 기찻길을 거닐며 습한 바람을 쐬고, 힘없이 고개를 떨군 커다란 해바라기와 눈을 맞추고, 다시 집으로 돌아와 먼지 쌓인 바닥을 청소하고, 저녁을 준비했다.

잠든 할머니 옆에 앉아서 가만히 창밖을 바라보는데 앞마당에 우두커니 서 있는 소나무가 눈에 들어왔다. 유독 크게 자란 그 나무는 얼마 후면 큰 아픔을 감당해야 할 나를 미리 위로라도 해주는 듯이, 바람에 흔들리지도 않고 나를 정면으로 마주하고 있었다. 나무에서 시선을 뗄 수 없었다. 곧장 휴대폰을 들고 나가, 나무를 사진에 담았다. 할머니와 함께하고 있는 이 고요한 오후를 기억하고 싶은 마음에서였다. 며칠 후 그날의 나무는 내 왼팔에 새겨졌다.

순식간에 여름과 가을이 지나갔고 겨울의 끝자락에 다다랐을 때, 할머니는 돌아가셨다. 장례를 치르는 내내 소금물에 눈알을 푹 담갔다가 뺀 것처럼 두 눈이 아렸다. 할머니가 운명하시는 순간도, 육신만 남은 입관 때의 모습도, 고운 재로 부서지고 흩어진 모습도 전부 두 눈 뜨고 지켜봤는데도 여전히 나는 할머니가 돌아가셨다는 사실을 믿을 수가 없다. 어쩌면 기나긴 악몽을 꾸고 있는 게 아닐까,

언제쯤 이 악몽에서 벗어날 수 있을까. 그런 생각을 하다가, 꿈이 아닌 현실임을 깨달을 때면 심장이 저 먼 바닥까지 쿵, 떨어지는 기분이다.

그럴 때면 옷소매를 걷어 올리고 왼팔에 새겨진 나무 타투를 바라본다. 습하고 무더웠던 회색빛 여름날, 잠든 할머니 옆에 앉아서 창밖의 나무를 가만히 마주했던 것처럼. 나무 타투의 꼭대기부터 밑동까지 찬찬히 들여다보고 있으면, 나는 어느새 할머니와 함께했던 어린 날로 되돌아간다. 아침마다 할머니가 끓여주셨던 된장찌개 냄새가 풍긴다. 할머니를 뵈러 갔던 그날의 시원한 빗소리도 들린다. 할머니가 내 이름을 불러주시는 목소리, 할머니의 여러 표정들, 할머니 손의 따뜻한 온기와 촉감, 그 모든 걸 나는 선명하게 기억한다. 지금도 강원도에 가면 나무 뒤에서 할머니가 나를 기다리고 있을 것만 같다.

한때 나는 죽음에 관한 이야기가 나오면 대수롭지 않은 척 말했다.

"어차피 여기 있는 사람들 모두 100년 후면 없어져. 그게 뭐 별일이냐. 세상에 끝나지 않는 것이 어디 있다고. 모든 건 다 죽거나 없어지기 마련이야. 그것이 실재하든 아니든. 죽음은 그저 당연한 일인데, 왜들 그리 슬퍼하는 거야?"

할머니가 돌아가신 후, 그 말은 비수가 되어 내 가슴에 꽂혔다. 모두에게 죽음이 슬플 수밖에 없는 이유를 이제는 완전히 알아버렸으니까. 아무리 고인이 행복한 삶을 살고 편안히 돌아가셨다고 해도, 죽음이란 결국 영원한 이별만을 남긴다. 함께할 수 있는 시간은 다신 돌아오지 않는다.

누군가를 보내고 나서도 삶은 계속되어야 하고, 산 사람은 살아야 한다는 게 잔인하리만치 슬프다. 어쩌면 죽음이란 고인의 것이 아니라 산 사람들이 감당해야 할 몫인지도 모른다.

그리고 나처럼 많은 사람이 그 몫을 다하기 위해, 먼저 자신의 곁을 떠난 누군가를 기억하거나 그 사람을 잃은 슬픔을 덜어내기 위해 타투를 새긴다. 그럼으로써 떠난 이의 일부는 다시 남겨진 이에게로 돌아와 살아 있는 그가 세상을 떠날 때까지 평생을 함께하게 된다. 죽은 자들의 영혼은 수만 개의 원자로 나누어져, 남겨진 사람들의 기억과 마음속으로 향할 것이다. 그곳에서 숨 쉬며 다시 한번 살아가고 있을 테다. 내가 할머니의 모든 것을 선명하게 그려낼 수 있듯이.

세계 유일의 타투 무법 국가

지금까지 열 명의 타투이스트를 만났다. 그들 모두가 나를 기억할지는 모르겠지만 나는 타투이스트 한 명 한 명 모두를 떠올릴 수 있다. 그들이 나에게 작품을 새겨 넣을 때 몸을 웅크린 채 집중하는 모습이라든지, 함께 나누었던 대화, 웃음소리, 가치관, 취향 같은 것들을 말이다.

　　운 좋게도 내가 만난 타투이스트들은 하나같이 좋은 사람이었다. 섬세하고 다정하거나, 유쾌한데 웃음 코드까지 비슷해 함께 있는 내내 즐거웠거나, 생각지도 못한 방향으로 나를 일깨워주었거나, 가만가만 내 마음을 다독여준 사람들. 그들 한 사람 한 사람과 공유한 시간이 전부 다 다른 모양이어서 겨우 '좋은 사람'이라는 말로 뭉뚱그리기엔 조금 아쉽지만, 한편으로는 그것만큼 적확한 표현이 없다. 그들은 말 그대로 좋은 사람들이었다. 지구상에 인간이 80억 명이 넘는다는데 그중 단 열 명, 그러니까 결코 셈할 수 없는 천문학적인 확률로 만나 평생 남는 타투를 새겨준 사람들이기에, 짧았지만 깊었던 그들과의 인연이 더욱 특별하고 소중하다.

　　더 많은 이에게 널리 알려졌으면 하는 바람으로 내가 만난 타투이스트들을 소개하는 글을 써볼까 고민했었다. 그런데 곰곰이 생각해보니 그럴 수 없고, 또 그래서는 안 될 것 같아 포기했다. 그들의 이름을 공개적으로 언급했다가는 누군가 악의적으로 그들을 찾아내 신고할 가능성이 있기 때문이다. 그들이 잘못한 것도 없는데 어떻게 그게 가능한지 궁금하다면 지금부터 글을 집중해서 읽어주면 좋겠다.

대한민국은 전 세계에서 타투가 불법인 유일한 나라다. 더 정확하게 말하자면 우리나라에서는 아직 타투에 관한 마땅한 법이 제정되어 있질 않아서 불법보다는 무법(無法)에 더 가깝지만, 1992년 '비의료인의 문신 시술은 불법'이라고 판결을 내린 대법원의 판례가 지금까지 유지되고 있기에 의료인의 자격이 없는 타투이스트들이 타투를 시술하는 침습 행위 자체는 불법이다. 이 문장을 쓰면서도 어처구니가 없긴 하지만 현실이 그렇다. 진료는 의사에게, 타투도 의사에게 맡겨야 한다.

원래 우리나라와 일본 두 국가가 그러했지만 2020년 9월 일본의 최고재판소에서 타투 시술을 의사법 위반으로 보았던 판례를 깨고 타투이스트에게 무죄를 선고한 덕에 일본에서도 사실상 타투 합법화가 시행되었다. 이로써 우리나라는 세계 유일의 타투 무법 국가가 되어버렸다. 새로운 세기를 맞이한 지도 23년이나 지났는데, 어째서 아직도 타투를 예술이 아닌 의료 행위로 판단할 수 있는지 의문이다. 세계적으로 인정받는 타투이스트들을 범법자로 만들어버리는 우리나라의 현실이 나는 부끄럽다.

현재 타투 합법화와 관련된 가장 큰 사건은 국내외에서 인정받는 한 타투이스트의 재판일 것이다. 그는 유명 연예인에게 타투를 시술했다는 이유로 기소를 당해 2021년 12월 1심에서 벌금형을 선고받았다. 곧바로 헌법소원을 제기했지만, 2022년 7월 헌법재판소는 '타투가 의료 행위에 해당한다'고 보는 대법원 판단에 한 번 더 손을 들어줬다. 만일 남은 재판에서 무죄를 끌어내지 못하면 그는 벌금형 혹은 징역형을 받으며 전과자가 된다. 이런 식으로 벌금을 냈거나, 징역을 살았거나, 살 위기에 처한 타투이스트가 많다.

타투에 대한 부정적인 인식이 개선되어야만 합법화도 이루어질 수 있는데, 아이러니하게도 합법화가 이루어지지 않기에 인식도 여전히 그대로다. 안타깝게도 이 악순환의 굴레는 30년이 넘도록 멈추지 않고 있다. 국회에서도 여야를 가리지 않고 타투 합법화 법안을 발의했지만 관련 법 열한 개가 현재 계류 중이다. 인정하고 싶지 않지만 아직 타투를 향한 다수의 국민 정서가 부정적인 것은 사실이고, 국회에서는 그런 국민들의 눈치를 보고 있다. 그런데 여기서 한 가지 짚고 넘어가야 할 점이 있다. 그 '다수의 국민'이 과연 누구를 지칭하냐는 것이다.

타투이스트에게 합법화란 당장 그들의 생계와 직결된 문제이므로 반대하는 사람은 없을 것이다. (만약 합법화에 무관심하다거나 반대하는 사람이 있다면 직업적 윤리 의식이 낮은 사람일 확률이 높다.) 실제로 내가 만난 열 명의 타투이스트 중에서 이와 관련된 이야기를 심도 있게 나눈 타투이스트 여섯명 모두가 최대한 신속히 타투 합법화가 이루어져야 한다고 말했다.

남성 타투이스트 A는 타투가 불법인 점을 이용해 갑질을 하는 소비자들이 있다고 했다. 타투를 잘 받아놓고 타투숍 운영은 불법이니 신고하겠다면서 작업료를 지불하지 않겠다고 협박한다거나 심지어 돈을 요구한다는 것이다. 나는 실제로 그런 사람이 존재한다는 사실에 놀라버린 한편, A가 남성이기에 금전적인 협박에 그쳤을 것이란 생각을 지울 수 없었다. 아니나 다를까. 여성 타투이스트 B는 남성 소비자로부터 신고를 빌미로 성추행을 당한 적이 있다고 했다. 그 끔찍한 이야기를 듣고는 초면인 B 앞에서 분노를 담은 육두문자를 내뱉고야 말았다. 또 다른 남성 타투이스트 C는 단속을 당할까 봐 늘 노심초사한다며 작업 문의를 해오는 사람이 정말로 소비자가 맞는지 의심부터 하는 상황이 갑갑하다고 말했다. 나보다 세 살 어린 여성 타투이스트 D는 부모님에게 자신의 직업을 숨기고 있다고 했다. 타투가 불법이다 보니 아무래도 떳떳할 수가 없다고. 부모님은 자신이 그냥 회사원인 줄 알고 있는데 과연 언제까지 숨길 수 있을지는 모르겠다며 씁쓸하게 웃었다.

대다수의 타투이스트가 일반적인 상가가 아닌 오피스텔처럼 눈에 잘 안 띄는 공간에 작업실을 마련하는 이유 역시 타투가 불법이어서다. 나와 친한 타투이스트 S 언니 또한 오피스텔에서 일하는데, 이웃들이 타투 작업실임을 알아차리고 신고라도 할까 봐 조심스럽다고 했다. 손님들을 배웅하며 자기도 모르게 큰 소리로 인사를 하면, 순간 유리컵을 깨뜨린 것처럼 화들짝 놀란다고 했다. 실제로 S 언니의 지인인 한 타투이스트는 이웃에게 신고를 당해 한동안 작업을 중단해야 했다. S 언니는 타투이스트로서 자부심과 긍지가 있는 만큼 이러한 상황을 무척 속상해했는데, 언니의 어두운 표정을 바라볼 때면 나 역시 마음이 무거워진다.

생계가 달린 중대한 문제는 아니긴 하지만, 타투를 향유하는 소비자로서 겪는 불편도 있다. 현금이 없으면 타투를 받을 수가 없다. 신용카드는 물론이고 체크카드 결제도, 현금 영수증 발행도 안 된다. 카드 결제가 안 되기 때문에 당연히 할부도 불가능하다. 받고 싶은 타투가 있어도 당장 현금이 없으면 할 수 없는 것이다.

그뿐만 아니다. 이전 직장 동료였던 E는 포트폴리오를 목적으로 한 무료 타투를 받았는데, 타투이스트의 역량이 부족했던 탓인지 손목을 두르는 선이 하나로 이어지지 않고 중간에 어긋나버렸다. 황급히 그 부분을 리본 모양으로 수습했음에도 E는 타투한 것을 내내 후회하며 손목시계나 손목 보호대로 타투를 가리고 다녔다. 어렵게 연락이 닿은 작업자는 오히려 배 째라는 식이어서 E는 결국 보상은커녕 제대로 된 사과조차 받지 못했다.

나는 앞서 말한 남성 타투이스트 A를 만나러

가기 전, 걱정부터 앞섰다. 혼자서 남성 타투이스트에게 타투를 받으러 가는 건 처음이었는데, 신상이 불명확한 남성과 단둘이 한 공간에서 몇 시간씩 있어야 한다는 건 체구가 작고 남성보다 물리적 힘이 약한 나에겐 위험을 감수해야만 하는 일이었다. 물론 A는 이런 식으로 걱정했던 게 미안하게 느껴질 만큼 지극히 정상적이고 친절하며 따뜻한 사람이었지만. 만약 타투가 합법적인 일이고 A가 사업자로 등록이 되어 있어서 그의 신상이 명확했다면, 그렇게까지 걱정할 필요는 없지 않았을까.

이처럼 지금 대한민국의 타투 산업은 시술자와 피시술자 모두가 서로에게 '을'일 수밖에 없는 괴상한 구조다. 그리고 그 원인은 단 하나, 타투가 불법이라는 점이다. 다시 말해 타투를 향유하는 사람들 역시 합법화를 반대할 이유가 전혀 없다.

타투가 불법이기에 이득을 보는 사람이 아무도 없는데도 국회는 단지 '다수의 국민'의 정서가 부정적이라는 이유로 계속해서 입법을 미루고 있다. 다수의 국민이 누군지 모호하긴 하지만, 한 가지 분명한 사실은 타투와 일말의 연관도 없는 사람들만이 합법화를 반대한다는 것이다. 국회는 그냥 타투 자체가 꼴 보기 싫은 사람들의 목소리에 더 귀

기울여주고 있는 셈이다. 국회가 정말로 귀 기울여 들어야 할 것은 그들의 목소리가 아니다. 직업 선택의 자유를 토대로 타투로써 생계를 이어가는 사람들, 법적인 보호 아래에서 안전하고 자유롭게 타투를 소비할 권리가 있는 사람들의 목소리다.

이쯤에서 솔직하게 말해볼까? 사실 타투를 향유할 뿐인 나는 합법화가 이루어지지 않아도 크게 불편한 것은 없다. 일단 타투를 생업으로 삼은 사람이 아니고, 타투가 불법이든 아니든 돈만 있으면 원하는 곳에 언제든 타투를 새길 수 있으니까. 내가 합법화를 굳이 여기에서 다룰 필요도 없다. 이렇게 언급하는 일이 대의를 위한 것도 아니고, 딱히 명분이 있는 것도 아니다. 단지 돈을 내고 시간 들여 타투를 받기만 하면 끝인 소비자에 지나지 않는다.

그럼에도 이런 글을 쓰는 이유는 나에게 타투를 새겨준 사람들의 어려움과 고충을 알고 있기 때문에, 그것을 외면하고 싶지 않기 때문에, 오직 즐거운 마음으로만 타투를 향유하고 싶기 때문에, 무엇보다 타투 그 자체를 사랑하기 때문이다. 물론 이 글로 인해 갑자기 타투 합법화가 중요한 사회 이슈로 대두된다거나 법안이 통과하는 천지개벽이 일어

날 거라고는 생각하지 않는다. 하지만 적어도 누군가는 잘 알지 못했던 현실을 인지하게 될 테고, 그 중 몇몇은 조금이라도 관심을 가질지도 모른다. 그게 어떤 나비의 날갯짓이 되어 얼마만큼의 태풍을 불러일으킬지, 이 역시 아무도 모르는 일이다. 내가 향유하는 세상이 좀 더 올바른 방향으로 나아가면 좋겠다는 바람과 희망으로 글을 쓴다. 이는 내가 타투를 사랑하는 또 하나의 방식이다.

타투이스트 D는 언제쯤 부모님에게 자신의 직업을 떳떳하게 밝힐 수 있을까. S 언니는 언제쯤 자신이 타투를 새겨준 사람들에게 와주셔서 감사하다고, 안녕히 가시라고, 궁금한 점 있으면 언제든 연락 달라고, 크고 명랑한 목소리로 인사해도 깜짝 놀라지 않을 수 있을까. 나는 언제쯤 내가 만난 타투이스트들을 이니셜이 아닌 그들의 이름으로 불러볼 수 있을까. 언제쯤 이 모든 질문을 그만둘 수 있을까…. 그런 의문들을 남겨둔 채 내가 할 수 있는 일이란 겨우 마침표를 찍는 것뿐이다.

기억을 영원히 간직하는 방법

행복했던 순간들은 다 어디로 사라져버릴까. 한때는 현재였으나 지금은 과거가 되어버린 날들은 어디로 떠나버렸을까. 그런 생각이 들 때면 조금 슬퍼진다. 나이를 먹을수록 감정에 무뎌지기 마련이지만, 상실감은 아무리 겪어도 익숙해지지 않는 듯하다. 누군가와 헤어지는 일뿐만 아니라 시간과의 이별도 마찬가지다. 그렇지만, 어쩌면 지금 이 순간에도 내가 알지 못하는 어딘가에서 평행 세계처럼 과거의 시간들이 흐르고 있을지도 모른다. 그런 상상으로라도, 그 순간으로 다시는 돌아갈 수 없다는 상실감을 위로받고 싶을 만큼 소중했던 날들이 있다. 그런 날을 붙잡아두기 위해 나는 타투를 새긴다.

돌아가고 싶은 날이 많다는 건 그만큼 내가 잘 지내왔다는 뜻이겠지? 그중에서도 가장 그리운 순간은 코로나19 팬데믹 직전이었던 2020년 초, 일본 도쿄에서 지냈던 때다.

다니던 회사를 그만둔 이후 불투명한 미래 때문에 머릿속이 복잡해진 나는 300만 원을 들고 친구 M이 워킹홀리데이를 가 있는 도쿄로 도망치다시피 떠났다. 도쿄는 나를 아는 사람이 M 한 명밖에 없는 데다 완전히 새롭고도 낯선 도시여서, 생각을 환기하고 정리하기에 적합한 장소였다. 거기서 두세 달간 지내면서 앞으로 어떻게 내 삶을 꾸려갈지 계획도 세우고, 글도 쓰고, 놀고먹으며 쉴 예정이었다.

M이 출근하는 평일에 나는 혼자서 도쿄의 온갖 맛집을 탐방하고, 소품 가게에서 아기자기한 물건들을 구경하고, 옷 가게에서 마음에 드는 옷을 사 입고, 그러다 지치면 카페에 죽치고 앉아 멍하니 사람 구경을 하거나 발길 닿는 대로 골목골목을 누비며 2만 보 넘게 걷기도 했다. 아침에 외출 준비를 할 때나 돌아다닐 때, 카페에 앉아 있을 때, 다시 집으로 돌아가는 길마다 백예린의 정규 1집 《Every letter I sent you.》의 수록곡들을 반복해서 들었다.

그런데 시간이 지날수록 불안감과 답답함이 스멀스멀 밀려들기 시작했다. 기대했던 여행의 전개와 달라서였을까.

우선 거금 들여 사 온 유심칩이 제대로 작동하지 않는 바람에 도쿄에서 데이터를 주기적으로 재구매해야 했고, 오늘은 뭘 해야 할지, 뭘 먹을지 고민하는 일도 지루해졌으며, 빠른 속도로 줄어드는 주머니 사정에 자꾸 초조해졌다. 해가 빨리 져서 하루가 짧게 느껴지는 것도 싫었다. 무엇보다 견디기 힘들었던 건 추위였다. 우리나라와는 달리 보일러 시스템이 잘 갖춰지지 않은 일본의 주택은 옷을 몇 겹씩 껴입어도 손과 발, 코끝이 말도 못 하게 시렸다.

백수의 여유로움은 막막한 미래에 대한 불안감을 이길 수 없었다. 일본어를 할 줄 몰라 외딴섬처럼 둥둥 떠다니며 혼자 하루를 보내야 했던 나는 생각할 시간이 길어진 탓에 어디에 있든, 눈앞에 무엇이 있든, 매 순간 앞으로 어떻게 살아가야 할지만을 걱정했다. 이렇게 이룬 것도 없이 놀기만 해도 될까? 멀쩡한 회사에 빨리 취직해 남들처럼 커리어를 쌓고 돈을 벌어야 하는 게 아닐까? 당장 해결되지도 않을 온갖 걱정거리가 꼬리에 꼬리를 물고 이어져 눈덩이처럼 불어났다. 당연히 마음 편히 놀 수도, 제대로 글을 쓸 수도 없었다.

도쿄에서 지낸 지 한 달 정도 지났을 즈음, 나는 알 수 없는 열패감에 시달리다 결국 출국일을 앞당겼다.

그런데 한국으로 돌아온 뒤 도쿄에서의 하루하루를 곱씹을수록 그날들이 그립고, 그립다고 말할수록 더 사무치게 그리워졌다. 어째서일까? 그렇게나 괴로워했던 나였는데. 분명 그때의 나는 행복하기보다는 불행했던 것 같은데, 이상하게도 지난 시간을 되돌아보면 가슴 벅차도록 행복했던 순간들만 기억난다.

내가 23킬로그램짜리 캐리어를 들고 낑낑대며 계단을 오를 때 뛰어와서 도와줬던 나보다 체구가 작은 일본 여자(정말 못 잊을 것 같다), 1~2월에도 봄옷을 입을 수 있었던 푸근한 날씨, 갖고 싶은 게 널린 소품 가게들, 특히 좋았던 집 앞 카페의 따뜻한 라테, 추우면서도 포근했던 이불 속, 숨 못 쉴 만큼 웃겼던 M과의 대화, 같이 영화를 보다가 동시에 웃음이 터졌던 순간들, 크고 무거운 일본식 붕어빵, 인적이 드문 카페 한구석에서 김애란의 산문집을 필사하던 시간, 머리 위로 쏟아질 것처럼 빛나던 밤하늘의 별들, 보랏빛으로 세상을 물들이는 노을, 오후 4시만 되면 온 동네에 울려 퍼지던 종소리…. 어쩌면 시간은 불행만 데리고 사라지는지도 모른다.

그리고 그 모든 기억의 조각에는 백예린의 노래가 있었다.

I wanna be somewhere like no need to be clear
(난 확실하지 않아도 되는 곳에 가고 싶어)

No need to be explaining, I just wanna rest
(설명할 필요 없이 그저 쉬고 싶어)
I wanna be somewhere like, really fluffy couch
(난 엄청 푹신한 소파 같은 곳에 있고 싶어)
No need any words, no complain, no watching
(말이 필요하지 않고, 불평하거나 누가 지켜보는 것 없이)*

그 앨범을 들으면 나는 의도하지 않고도 도쿄에서 행복했던 순간들의 감정을 고스란히 느낄 수 있다.

각별한 의미가 담긴 그 앨범의 커버 이미지를 타투로 새겼다. 푹신한 소파 위를 사뿐사뿐 걷고 있는 백예린의 편안한 뒷모습. 그 타투를 보면 음악을 들을 때와 마찬가지로 언제든 소중했던 날들의 기억을 떠올리며 다시 그때의 나로 돌아간다. 힘든 시간을 묵묵히 버티고 나면 자유롭게 가고 싶은 곳 어디든 찾아갈 수 있다는 희망의 싹이 돋는다. 행복했던 시간을 타투로 새기는 일은 잊을 수 없는 순간을 단단히 묶어둠으로써 매일매일 내가 나에게 희망을 선

---

* 백예린, 〈rest〉

물하는 일이자 기억을 영원히 간직하는 방법이다.

　소중한 기억을 스스로에게 틈틈이 환기하는 일의 중요성을 알아가고 있다. 마음에 폭풍이 몰아치거나 커다란 구멍이라도 뻥 뚫린 것처럼 아무 감정도 느낄 수 없고 무기력하기만 할 때는, 나에게도 그토록 행복했던 과거가 있었다는 사실조차도 잊게 되니까. 계획이 있어도 백 퍼센트 그대로 흘러가는 인생은 없기에 불안한 건 누구나 마찬가지다. 하지만 행복과 불행은 따로따로 찾아오는 사건이 아니라 늘 우리와 공존하고 있는 공기 같은 것. 그중 무엇을 포착하고 어떤 감정에 집중할지는 온전히 자신의 선택이다.

　행불행이 반복되는 나날들 속에서 뒤돌아보면 행복만 남겨져 있을 테니 너무 자주 불행해지는 말아야겠다. 언젠가 이 순간을 그리워하게 될 날이 반드시 찾아올 테니까. 춥지만 따뜻했던, 불안하면서도 행복했던 시간들이 내 안에 타투로 새겨져 있기에 눈물을 쏟은 날도 스스로 위로를 얻는다. 내가 사랑한 날들과 함께라면, 죽음마저도 쓸쓸하지 않을 것 같다.

타투가 또 다른 타투로 잊혀지네
(feat. 커버업)

완전히 망했다. 이 책의 목차를 구성할 때까지만 해도 '커버업'에 관해 쓰게 되리라고는 상상하지도 못했으니까. 커버업은 타투로 타투를 덮는 것, 어떤 이유에서건 더는 마음에 들지 않는 타투를 새로운 타투로 재탄생시키는 일이다. 내 타투 사전에 커버업은 존재하지 않는 단어였던 데다가, 맨 처음 새긴 우정 타투를 지울 일은 절대 일어나지 않을 거라고 믿었다. 오래전부터 영원한 적(敵)도 없고 영원한 친구도 없다고 생각하면서도, J와 M만은 예외이길 바라는 마음으로 함께 타투를 새긴 것처럼. 그리고 불과 몇 달 전, 한 치 앞도 모른 채 이 책에도 첫 타투에 관한 이야기를 실었다.

이 글을 쓰고 있는 바로 오늘, 나는 그들과의 우정 타투 위에 새로운 타투를 덧대었고, 가늠할 수 없을 만큼 속이 후련하다. M에게 더 이상 너와 연락하고 싶지 않다고 이야기했던 그날처럼.

어떤 악재는 잊을 수 없는 괴로움을 남기지만, 동시에 살아가는 데 피가 되고 살이 되는 깨달음을 선사하기도 한다. 누구에게나 장단점이 있기 마련이고 나 역시 백 점짜리 인간은 아니니 누군가에겐 이해되지 않는 부분도 있다는 걸 안다. 그러나 이번

일을 계기로 단지 친구라는 이유만으로 상대방의 단점을 그저 인내하는 것이 정답이 아니며, 오히려 남들 눈에도 발견될 만한 치명적인 단점이라면 솔직하게 말해주는 것도, 반대로 그런 이야기를 들었을 때 오해 없이 수용할 줄 아는 것도 친구의 역할임을 배웠다.

여러 차례의 갈등을 겪으며 M과 앞으로는 좋은 친구로 지낼 수 없으리라는 확신이 생긴 날, 나는 M에게 앞으로 너와 연락하고 싶지 않다고 통보했다. 그렇게 우리의 길고 길었던 연은 단숨에 끝이 났다.

지난 10년 동안에는 보는 것만으로도 힘을 얻었던 타투가 이렇게 꼴 보기 싫어질 날이 올 줄 누가 알았을까. 지금껏 타투에 한해서는 후회한 적도 없었고 실패한 타투도 없다고 장담했는데…. 정말이지 살면서 장담할 수 있는 건 아무것도 장담할 수 없다는 말뿐인가 보다.

손목에 새겨진 타투는 손톱의 거스러미처럼 자꾸만 눈에 거슬리고 M과 있었던 사소한 다툼들을 떠올리게 해 짜증을 불러일으켰다. 스스로 선택한 타투를 후회하고 있다는 사실 자체도, 어떤 것이든 웬만하면 잘 후회하지 않는 나로서는 당황스럽고도 열받는 일이었다. 그렇다고 해서 타투를 지울 수도 없었고, 지우고 싶지도 않았다. 결국 쿨한 척 넘어가는 수밖에 없었다. 이 타투는 내 인생 최초의 실패작이야. 사람이 어떻게 성공만 하면서 살겠어. 그냥, 망한 타투 하나 생겼다 치지 뭐.

몇 주 후, 잠들기 전 습관처럼 타투이스트들의 인스타그램을 순회하던 중, 오랜 시간 눈여겨보고 있던 한 타투이스트 피드에 커버업 작업물이 올라왔다. 기존의 타투는 디즈니 영화에 나오는 강아지 캐릭터를 형상화한 것이었는데, 색은 옅어진 상태였으나 크기가 상당히 커서 커버업하는 데 난도가 높아 보였다. 그러나 사진을 오른쪽으로 스와이프하니, 강아지 타투는 흔적조차 없이 완벽하게 가려져 있었다. 이 타투이스트의 심볼이자 내가 언젠간 꼭 타투로 새기겠다고 생각했던 검은 고양이 캐릭터로.

그제야 나에게도 커버업이라는 방법이 있음을 깨달았고, 내 타투 사전에 커버업을 등재하기로 결심했다. 곧장 '문의하기' 링크로 들어가 타투이스트가 단번에 도안을 이해할 수 있게끔 상세히 문의를 하고 가장 빠른 날짜로 예약을 걸었다.

그러나 막상 커버업을 하려니 마음이 편치만은 않았다. 이제는 의미가 달라져버린 타투를 하루빨리 나만의 도안으로 탈바꿈하고 싶으면서도, 인생의 절반 이상을 가장 절친한 사이로 지냈던 M과의 추억들까지 억지로 관 속에 처박아 땅속 깊이 파묻어버리는 듯 찝찝한 기분이었으니까. 이로써 M과도, 나의 타투와도 완벽하게 헤어지는 기분이 들어 마음이 싱숭생숭해졌다. M과 이렇게 헤어지는게 과연 잘하는 일인지, 커버업 타투를 해놓고 후회하지 않을 자신이 있는지, 나중에 M과 다시 화해할 가능성은 없는지, 머릿속은 의문으로 가득 찼다. 커버업 타투를 새겨버리면 정말로 끝이다. 가려진 타투는 되찾을 수 없다. 혹시 모를 아픔이나 후회가 나를 덮칠지도 모른다. 그런 것들을 다 감당할 수 있는지 스스로 답을 내리기도 전에 타투이스트와 약속한 날이 성큼 다가오고야 말았다.

작업실에 도착해서 타투이스트와 인사를 나누고, 전사를 찍고, 베드에 누워 작업을 기다릴 때까지도 나의 선택이 옳은지 확신할 수 없었다. 빨리 새겨달라고 떼를 쓰고 싶기도, 냅다 도망치고 싶기도 했다. 좋은 기분인지 나쁜 기분인지 알 수 없는 묘한 느낌에 이틀 밤을 새운 사람처럼 넋이 나가 있었다. 멍하니 천장을 바라보고 누운 채로 타투이스트에게 왼팔을 맡겼다.

서로에 대한 여러 가지 이야기가 오가던 중, 타투이스트가 조심스레 말을 꺼냈다.

"실례가 되지 않는다면 왜 커버업을 하려는지 말씀해주실 수 있나요?"

당연히 물어볼 줄 알았기에 최대한 이야기의 핵심만을 요약해 준비한 대사를 빠르게 끝마쳤다. 오랜 친구와의 우정 타투였다고. 서로 잘 맞지 않았던 부분이 있었는데 개선할 의지나 가능성이 보이지 않아 더 이상 연락하지 않기로 했다고. 비록 M과의 마지막이 좋은 기억은 아니었지만, 처음 보는 타투이스트에게 M의 '뒷담'을 구구절절 길게 펼쳐놓고 싶지는 않았다. 그건 옛 친구로서 지켜야 하는 최소한의 예의이기도 했다. 한때는 좋은 친구였고 서로가 서로에게 없어선 안 될 사람이었던 건 사실이니까. 그럼에도 어쩔 수 없이 나의 입장만을 말할 뿐이어서 타투이스트가 당연히(만약 공감되지 않더라도) 바로 옆에 있는 내 이야기에 맞장구를 치고, 내 편을 들며, 멋쩍어하는 나를 대신해 M을 마구

욕하리라 생각했다. 그럼 그런 답변을 원한 게 아니어도 어쩔 수 없이 쓸쓸하게 웃으면서 '사람 일은 진짜 모르는 건가 봐요' 아무렇지 않은 듯 말할 준비를 하고 있었는데.

이야기를 듣던 그가 차분한 목소리로 말했다.

"결과적으로 희라 님에게는 좋은 일이네요."

나에게 그 말은 신선한 충격이자 큰 위로가 되었다. 오랜 친구와의 헤어짐이 '좋은 일'이 될 수도 있구나. M과 헤어진 게 잘한 일이구나. 나의 선택이 틀리지 않았구나…. 그의 말대로 M과의 이별과 커버업 타투는 결과적으로 나에겐 좋은 일이었다. 지워지지 않는 상처를 치유받는 경험이었기에.

전구 타투가 사라진 자리에는 나를 닮은 검은 고양이가 자신의 몸집만 한 연필을 들고 비장하게 서 있다. 그 고양이와 눈을 맞추고 나자 무거운 마음의 짐을 내려놓을 수 있었다.

사실 타투로 상처를 치유받는다는 말에는 오류가 있다. 타투를 새기는 일 자체가 상처를 내는 과정이어서 치유보다는 또 다른 상처를 입히는 일에 더 가깝기 때문이다. 하지만 어떤 상처는 치유의 기능을 하며 새로운 시작을 할 수 있도록 도와주기도 한다. 상처를 상처로 치유하고 다시 시작할 수 있다면, 나는 다음에도, 다다음에도 타투의 상처를 감수할 수 있을 것만 같다. 물론 커버업하고 싶은 타투는 아직은 존재하지 않지만.

'완전히 망했다'라는 말에도 오류가 있음을 이제는 안다. 완전히 망한다는 건 없다. 완전히 망했을 때도 우리에겐 다음이 있고, 다시 망한대도 또 그다음이 우리를 기다리고 있기 때문이다. 항상 방법은 있다. 다시 시작하기만 한다면.

예비 타투인을 위한 타투 가이드

타투를 하고 싶지만 예약조차 어떻게 해야 하는지 몰라 막막한 예비 타투인들을 위해, 예약부터 리터치까지의 과정을 짤막하게 소개해보려 한다. 그에 앞서 휴대폰에 필수적으로 설치해야 할 어플이 하나 있다. 아마도 많은 이의 폰에 이미 깔려 있을 법한 그것! 바로 '인스타그램'이다. 타투 도안을 찾고 타투를 받는 방법이 비단 인스타그램만 있는 건 아니겠지만, 인스타그램은 우리나라에서 타투 시장이 가장 활성화되어 있고 접근성도 좋은 SNS다. 인스타그램 어플을 설치하고, 만약 계정이 없다면 가입을 하면 된다.

1. 도안 및 타투이스트 찾기

일단 검색창에 원하는 타투의 그림+타투를 검색해보자. 예를 들어, 호랑이 도안을 보고 싶으면 '호랑이 타투', 조각상 도안을 보고 싶으면 '조각상 타투'를 검색하는 것이다. '○○ 타투'에서 ○○에 들어갈 수 있는 단어는 그야말로 무궁무진하다. 영화의 한 장면이나 인물 그림, 명화, 만화 타투도 인기가 많으며, 좋아하는 책 표지나 앨범 커버, 가족이나 반려견, 반려묘의 사진을 그대로 타투로 새기기도 한다. 사람이 그릴 수 있는 것이라면 무엇이든 타투로 새길 수 있다. 다시 말해 원하는 건 무엇이든 타투로 새길 수 있다는 것!

타투 장르를 검색해보는 방법도 있다. 선이 굵고 서너 가지 원색만을 사용하여 투박한 느낌을 자아내는 '올드스쿨', 올드스쿨 장르에 다양한 색감과 디테일이 더해진 '뉴스쿨', 검은 선으로 문양을 표현하며 과거에는 특정 부족을 상징하기도 했던 '트라이벌'처럼 역사가 깊은 장르부터, 문자를 새기는 '레터링', 인물이나 사물을 극사실적으로 표현하는 '리얼리티', 선으로 낙서하듯 그리는 '두들', 완성된 형태의 그림을 묘사하거나 선만으로 작업하는 '라인워크', 흉터를 가리거나 기존의 타투를 가리기 위한 '커버업', '수채화', '블랙앤그레이' 등이 있다. 전동바늘이 아닌 한땀 한땀 수작업으로 진행되는 '핸드포크' 타투도 큰 인기를 끌고 있다.(핸드포크는 타투 장르라기보다는 기법에 더 가깝다.)

도안보다 타투이스트를 먼저 찾아 그의 피드에서 마음에 드는 도안을 골라보거나 주문 제작 타투를 문의하는 것도 좋은 방법이다. 나는 평소 타투이스트들의 계정을 둘러보는 게 일상의 루틴과도 같다 보니 마음에 드는 타투이스트를 먼저 찾은 다음 그의 작업물들을 유심히 살펴보고, 마음에 드는 도안을 고르거나 원하는 도안을 따로 주문 제작 하는 편이다.

타투이스트의 피드에서 도안을 찾아볼 때는 'SOLD OUT'일 수 있으니 본문 내용을 꼭 참고해야 한다. 요즘에는 하나의 도안을 한 사람에게만 작업하는 타투이스트가 많다. 나 역시 마음속으로 찜만 해놓았다가 다른 누군가가 선수 친 바람에 도안을 빼앗긴(?) 쓰라린 경험이 있다. 그러니 완벽하게 원하는 도안을 찾았다면 뜸 들이지 말고 당장 문의할 것!

열에 여덟은 주문 제작 도안도 작업하지만 그렇지 않은 타투이스트도 간혹 있으니 프로필 하단 바이오에 있는 공지사항을 꼭 확인해야 한다. 같은 주제의 그림이어도 타투이스트마다 스타일과 표현법이 다르므로 원하는 스타일의 도안과 타투이스트를 발견할 때까지 오랜 시간 정성을 들여 찾아보자.

우리나라 타투이스트들의 실력이 상향평준화되어 있고 저마다 개성이 넘쳐나서 나는 매일 도안의 늪에 빠져 산다. 도안을 보다 보면 기상천외할 정도로 독특하거나 타투라는 걸 믿을 수 없을 정도의 고퀄리티 작품들도 시시각각 맞닥뜨린다. 견물생심이라지만, 도저히 타투 아이쇼핑을 끊을 수가 없다. 오늘도 시간 가는 줄 모르고 인스타그램 속을 유랑하며 수백 개의 도안을 마주한다.

2. 예약 문의하기

마음에 드는 타투 도안을 골랐다면 이제 타투이스트의 프로필 바이오에 쓰여 있는 방법대로 문의를 하자. 카톡 오픈채팅 또는 인스타그램 DM, 보통 두 가지 방법으로 문의를 받으며 카톡 오픈채팅일 경우 프로필에 링크가 기재되어 있을 것이다.

문의를 할 때는 기본 인적 사항—이름, 연락처, 나이(미성년자 문의를 방지하기 위함)—과 원하는 도안, 대략적인 크기(cm), 받고 싶은 부위, 작업이 가능한 날짜와 시간대를 말하면 된다. 문의 양식은 비슷하긴 하지만, 문의 전 타투이스트의 스토리 하이라이트에 나와 있는 문의 양식(혹은 공지 사항)을 참고하는 것이 좋겠다.

주문 제작 도안을 문의할 땐, 당연한 이야기지만, 구체적으로 말할수록 좋다. 타투이스트의 스타일에 맞지 않는 도안일 경우 작업이 어려울 수도 있다. 제작 도안이 나오는 시기는 타투이스트마다 다르다. 작업 일 일주일 전일 수도, 하루 전일 수도 있다. 중요한 것은 주문 제작 도안이 나왔을 때 수정 요청을 망설여서는 안 된다는 거다. 상도덕에 어긋날 정도로 이랬다저랬다 하는 게 아니라면, 백 퍼센트 원하는 도안이 완성될 때까지 솔직하게 수정 요청을 해야만 한다. 수정 횟수에 제한을 걸어놓은 타투이스트도 있으므로 수정 요청을 할 때 최대한 디테일하게 원하는 방향을 설명하는 것이 서로에게 좋다.

양식을 제대로 지켜 문의를 하고 나면 타투이스트가 작업비와 예약금을 알려줄 것이다. 예약금은 노쇼를 방지하기 위해 받는 것이며, 대개 작업비에 포함된 금액이므로 타투 작업 이후에는 예약금을 제외한 차액을 지불하면 된다. 예약금을 보내면 타투이스트가 타투 전 주의사항과 작업실 위치 등이 적힌 안내문을 보내준다.(때에 따라 작업실 위치는 작업 하루 전날 알려주기도 한다.) 이제 설레는 마음으로 타투 작업 일을 손꼽아 기다리면 된다.

3. 타투받기

자, 드디어 기다리고 기다리던 타투받는 날이다. 받는 부위가 어느 곳이냐에 따라 적절한 옷을 선택해 입어야 한다. 다리라면 통이 넓은 바지 혹은 치마를, 팔이나 어깨라면 겉옷 안에 반소매 혹은 민소매를, 갈비뼈나 배라면 쉽게 위로 올릴 수 있는 옷을, 쇄골이나 가슴 위쪽이면 앞부분이 깊게 파인 옷을, 등이나 허리라면 뒤에 지퍼가 달린 옷이나 뒤쪽이 깊게 파인 옷을 입는다. 부위에 따라 상의의 일부 또는 전체를 탈의해야 할 수도 있다. 타투 잉크가 옷에 묻거나 튈 수 있으므로 어두운 옷을 입고 가는 것이 좋다.

　　장시간 작업일 것으로 예상된다면 특히 편안한 옷을 입고 가야 하며, 배가 고플 수 있으므로 식사를 든든히 하고 가자. 가만히 앉아(혹은 누워) 있기만 하는데도 생각보다 더 배가 고프다. 빈속으로 타투를 받으러 갔다가 배에서 계속 꼬르륵꼬르륵 소리가 나는 바람에 굉장히 머쓱했던 기억이 있다. 한두 번 정도가 아니라 거의 뭐 같이 대화하는 수준이었다. 타투이스트가 웃으며 마카롱을 건네주었는데 어찌나 고맙고도 민망하던지….

　　타투 작업에 들어가기 전, 도안을 본뜬 그림을 몸에 직접 대보고 위치와 크기를 확정한다. 이것을 '전사를 찍는다'라고 한다. 한번 전사를 찍었다고 해서 그대로 받아야 하는 건 아니므로 이 또한 마음에 들 때까지 꼼꼼히 확인한다. 나는 대략적인 위치만 내가 정하고 자세한 위치는 타투이스트에게 전적으로 맡기는 편이다. 가만히 서 있을 때, 움직일 때, 앞에서 봤을 때, 옆에서 봤을 때 등을 고려해 가장 적합한 위치가 어디인지 누구보다 잘 아는 사람은, 내 몸을 내 몸 밖의 시선으로 정확하게 볼 수 있는 사람은 내가 아니라 타투이스트이기 때문이다.

전사를 10분에서 15분 정도 동안 말리고 나면 이제 본격적인 타투 작업이 시작된다. 처음엔 당연히 아프겠지만 타투이스트와 대화를 나누거나 다른 생각에 잠겨 있다 보면 의외로 감각은 무뎌지고 시간은 금방 지나갈 것이니 걱정하지 마시길.

작업이 끝나고 난 후에는 타투이스트의 포트폴리오용 사진 촬영을 한다. 사진을 바로 보내주기도 하지만, 자신의 포트폴리오에 맞게 보정을 한 다음 보내주기도 하고 인스타그램에 바로 업로드하는 작업자들도 있는가 하면 며칠, 몇 주 뒤에 올리는 경우도, 아예 올리지 않는 경우도 있다. 사진 촬영을 마치고 타투이스트에게 작업비를 보내주면 끝이다.

4. 타투 후 관리

포트폴리오용 사진을 찍고 나면 관리법이 적힌 안내문을 타투이스트가 보내준다. 관리법은 타투를 받은 사람의 피부의 상태에 따라서, 그리고 타투이스트마다 조금씩 차이가 있으므로 안내문대로 관리해주면 된다. 타투를 받고 나서 일주일 동안은 땀이 많이 나는 격한 운동과 음주는 지양해야 하며, 샤워 시 타투 작업 부위는 물로만 헹군다. 피부가 건조해지지 않도록 아침, 저녁으로 바셀린이나 비판텐 등의 연고를 얇게 펴 발라줘야 하고, 며칠이 지나면 탈각이 되면서 작업 부위가 간지러워지는데 이때 작업 부위를 긁지 않도록 주의해야 한다.

양심 고백을 하나 하자면 사실 나는 타투이스트가 보내주는 관리법대로 관리를 하진 않는다. 별다른 이유는 없고 단지 귀찮아서일 뿐…. 타투 부위가 건조해지지 않게 보디로션만 살짝씩 발라주는 게 전부다. 이렇게 관리해도 지금까지 큰 문제가 된 적은 없었는데 내 피부가 예민한 타입이 아니기 때문일 수도 있다. 어쨌든 작업 후 1~2주 정도는 타투의 상태가 괜찮은지 잘 살펴봐야 한다.

5. 리터치

탈각이 진행되며 부분마다 잉크가 떨어져 나가는 경우가 발생하기도 한다. 혹은 시간이 지나 선이나 색이 많이 흐려지기도 한다. 그럴 때는 타투의 현 상태가 선명하게 드러나도록 사진을 찍어 타투이스트에게 리터치 문의를 해봐도 좋다. 리터치 값을 받는 타투이스트도 있다고는 하지만 지금까지 나는 만나보진 못했고, 리터치 1회는 무료로 받았다. 리터치는 필수는 아니며, 발색이 잘되었다면 굳이 하지 않아도 된다. 이제 타투는 영원히 당신의 것이다.

예비 타투인들을 위한 타투 가이드를 소개해 보았다. 다른 일들처럼 처음이 어렵지 한번 하고 나면 어려울 게 하나도 없다. 타투 진입장벽은 그리 높지 않다. 유별난 사람들만 할 수 있는 어려운 일이 아니라, 보통 사람들이 하는 평범한, 그러나 죽기 전엔 반드시 해봐야 하는 매력적인 일이다.

아직도 타투를 할 때 얼마나 아플지 걱정되는가? 자신의 취향이 변할까 봐, 누군가 욕할까 봐, 타투를 한 후에 후회할까 봐 망설여지는가? 나는 당신이 이번 생에 꼭 타투를 해보았으면 좋겠다. 그 모든 '만약의 일'은 제쳐두고 딱 한 번만 용기를 냈으면 좋겠다. 만약의 일은 대부분 일어나지 않는 것이 인생이기에. 무언가를 시도해보기 전까지는 그 결과가 어떨지 알 수 없기에. 당신의 몸은, 오로지 당신의 것이기에.

나를 만든 세계, 내가 만든 세계
'아무튼'은 나에게 기쁨이자 즐거움이 되는,
생각만 해도 좋은 한 가지를 담은 에세이 시리즈입니다.
위고, 제철소, 코난북스, 세 출판사가 함께 펴냅니다.

아무튼, 타투

초판 1쇄 2023년 11월 30일

지은이 오희라
펴낸이 김태형
디자인 일구공 스튜디오
제작 세걸음

펴낸곳 제철소
등록 제2014-000058호
전화 070-7717-1924
팩스 0303-3444-3469

right_season@naver.com
instagram.com/from.rightseason

©오희라, 2023

ISBN 979-11-88343-68-3 02810